故事向暖 心向远

宋方金 著

中国工人出版社

图书在版编目（CIP）数据

故事向暖，心向远 / 宋方金著. —北京：中国工人出版社，2019.1
ISBN 978-7-5008-7131-6

Ⅰ.①故… Ⅱ.①宋… Ⅲ.①散文集—中国—当代 Ⅳ.①I267

中国版本图书馆CIP数据核字（2019）第026432号

故事向暖，心向远

出 版 人　王娇萍
责任编辑　葛忠雨　严　春
责任校对　董春娜
责任印制　黄　丽
出版发行　中国工人出版社
地　　址　北京市东城区鼓楼外大街45号　邮编：100120
网　　址　http://www.wp-china.com
电　　话　（010）62350006（总编室）
　　　　　（010）62005039（出版物流部）
　　　　　（010）62379038（社科文艺分社）
发行热线　（010）62005049　（010）62005042（传真）
经　　销　各地书店
印　　刷　天津中印联印务有限公司
开　　本　880毫米×1230毫米　1/32
印　　张　7
字　　数　174千字
版　　次　2019年4月第1版　2019年4月第1次印刷
定　　价　45.00元

目录

遇见花就绽放　遇见刺就拔出

真实的少数派报告

故事向暖，心向远

谈论电影的时候，到底我们在谈论什么

电影，就是一场赌博。

但这场赌博，不是电影人之间的赌博，也不是电影人和观众之间的赌博，

更不是电影人和电影节之间的赌博，而是电影人和时间的赌博。

种子有力，但不是用来顶石头的

大家下午好。很高兴来到右玉。首先感谢右玉的各位领导，感谢山西影视集团，感谢《影视圈》杂志，同时感谢到场的媒体朋友们，还要感谢百忙之中抽身前来的各位编剧同人。这是一个挣钱的季节，不挣钱的人是孤独的，不挣钱的编剧是百年孤独的。希望我们的孤独是值得的。李诞写过一句流传很广的话：开心点朋友们，人间不值得。其实人间一切都是值得的，只要你相信并为此热爱。李诞说的是一句反话，你相信你就错了，你不信你也错了。语言是非常美丽而危险的事物，它不是非黑即白。今天上午，参观了右玉，就看见了很多值得的东西，风中的杀虎口，满山遍野的植被，历史的印记穿透时间连接了未来。稍后我会跟大家分享我所感受到的右玉的事物，但首先想回应的是今天的一件事情。在上午参观右玉的时候，我发现微博上不断有人给我留言，还有网友给我发私信，接着几家媒体发来采访的要求，我意识到，又出事儿了。事儿不大，还是四年前我跟宋丹丹的一笔小账，关于改剧本的事儿。有媒体问我，宋丹丹疑似在回应你，我说宋丹丹怎么说的，媒体说，宋丹丹表示："好剧本谁愿意改，我又不拿稿费。我如果是一个戏霸，今天不会坐在这里。"这个论点其实也不新鲜了，改不改剧本从来都是一个伪命题。剧本，当然是需要改的。即便是在四年前，我提出的议题也是改剧本谁说了算，而不是该不该改剧本。安徽省当年把那次论争设为高考题目，叫"修改剧本谁说了算"，也是非常准确的。我们也可以换一种说法，没有谁掌握绝对真理，那么，就要有一套接近真理的方法论。这个概念也接近今天我们要讨论的议题，所以我也愿意在此做一个小小的回应，那就是，评判剧本优劣的权力，以及修改剧本的权力，绝对不能落到哪一个人的手里，它应该有一套科学的决策机制。甚至我们可以夸张一点说，即便这个剧本的评判机制存在缺陷，而我们暂时又没有解决这个缺陷的能力，那我们宁愿要这个带有缺陷的评判机制。我们绝不能把改剧本的权力，交给剧组里拳头最大的那个人。不管他是演员，还是投资人，还是导演。今天还有一个消息，就是美国纽约州拿骚县法院要撤销周立波涉嫌藏毒持枪案。这个案子的反转，是因为周立波换了律师以后，律师改变了辩护策略，他通过周立波不会英语从而证明警察拿到证据的手段是非法的，所以周立波无罪。从根本上而言，这个结果不一定是公正的，不一定是大家愿意接受的，但程序是公正的。我们在影视行业的生产中，特别需要程序正义。我们还有很多的行业秩序和程序需要建立。无论何时何地，一个演员可以随意修改剧本的项目，绝对不会出好作品。好，回应完了，咱们继续论剑。

其实“论剑”是我们编剧行业的一个品牌了，前几年我们在北京论过两次，叫“怀柔论剑”。为什么选择了怀柔“论剑”呢？因为怀是情怀，是胸怀，怀也是怀抱，柔是柔情，是柔韧，也是百炼钢化为绕指柔，怀柔就是柔软你怀中那些坚韧不拔的情感，这就是故事。在怀柔“论剑”就是要亮出我们的观点来保护我们的故事。这次接到右玉邀请的时候，我跟汪海林和余飞开了一个会，我们不约而同地觉得，这个论坛应该叫“右玉论剑”。如果说“怀柔论剑”还是防御阶段，那么“右玉论剑”就是进攻的阶段。对我们编剧来说，右是右手，玉是剧本。来右玉讨论剧本像是一个宿命。昨天在路上的时候，我突然想起来，中国的地名和人名一般都有对称和互文，那么右玉的对称是什么呢？今天在车上，突然车窗外闪过一个地名——左云。左云，右玉，果然是对称的。不但对称，还非常美。一个人，如果能左手拿云，右手握玉，基本就是一个理想的人生了。

昨天晚上到达右玉以后，先是吃饭，吃到了右玉非常有名的盐碱羊肉，而且还是两种做法。说实话，来右玉，光吃到这两道羊肉也值了。我跟汪海林被分配到领导一桌。其实我平时还挺喜欢说话，但见到领导就不大会说话了，所以我就听各位领导说话，各位领导也不说废话，就是一个劲儿地介绍右玉。右玉的宣传部长韩部长是学气象学的，所以介绍起来非常地专业。他介绍的今天我们都眼见为实了。韩部长说，右玉是一个很干旱的地方，新中国成立之初年降雨量在 200 毫米左右。为了改善环境，右玉从新中国成立以后就开始植树。这一植就是六十多年。而且右玉的十几任领导，都没有让植树这件事儿停下来。植树植了六十多年，发生了很多可歌可泣的故事。有一个老人，年轻时候植过满山遍野的树，他已经走不动了，眼睛看不见了，他坐在窗前，窗外是群山，群山之中是他植的树，风一吹过，千山万树都从他的耳朵里荡进他的心中。植树需要铁锹，在大炼钢铁的时候，当无数把铁锹要被扔进火炉的时候，右玉县时任领导力挽狂澜，说我们还要植树，得把铁锹留下来。铁锹被留在了人间，继续绿色的传奇。大家今天也都在浮雕和照片里看见了那些铁锹。我们刚才说的那个老人，听着千山万树去世以后，他家里人在送葬他的时候，用纸扎了一个铁锹，埋进了他的坟墓。扎电视机、扎宝马车、扎纸钱送葬先人的事情大家都见得多了，但是扎铁锹，意味着种植与希望。这样的希望，我们在右玉看见了，并看见它结了果。在种了六十多年树之后，右玉的降雨量从年均 200 毫米左右升到了今年的年均 400 毫米左右。六十多年，200 毫米，无数的雨水被树木吸引，降落到了右玉的土地上。这些雨水，不是来自天赐，而是来自无数把铁锹，来自无数滴汗水，来自无数双手。世上没有一样事物，是没有缘由的。

但我想说的还不是这些，我想说说右玉的一种树。这种树，也是咱们韩部长介绍给我的，它叫小老杨。在右玉的土地上，随处可以见到小老杨。右玉植树的历史有多久，小老杨的历史就有多久。因为在当时的右玉，别的植物难以存活。但是小老杨并不好看，它不高大，甚至有些扭曲，它巩固了土壤，让右玉远离了风沙，把右玉变成了绿洲。在几十年后，右玉有了松树，有了油菜花，这些都是拜小老杨所赐。我还听说，现在右玉不但变成了绿洲，还有了狐狸，有了狼。我们今天在车上，看见一只野兔在树丛里闪电般跑过。看见一只野兔，意味着右玉有数万只野兔，并由此形成了动植物之间的生态系统。为右玉高兴，为野兔高兴，为狼和狐狸高兴。这都是值得我们欣喜并祝福的。“绿水青山就是金山银山”。诚哉斯言。

我从韩部长的口中又得知，小老杨在别处并不叫小老杨，它在别处并不是不好看、不高大，也不扭曲。小老杨在别处叫南京小叶杨，它来自温煦的南方，沐浴着有湿度的阳光，它粗壮、高大、修长、枝繁叶茂、直插云霄，甚至你要用双手环抱。但是它到了右玉，因为这里曾是沙漠，风沙肆虐，它使劲长，努力长，也只能长到碗口粗，而且会扭曲，另外今天大家也都看见了，它的树干被吹成了褐色，就像被火烧过了一样。实际上，它不是被火烧的，而是被风吹的。风吹几十年，就是灼痛的火。南京小叶杨来到风沙之地，变成了小老杨，又小又老，长了六十多年，它们也长不到一棵杨树应该有的样子，也没法变得粗壮、高大、修长。小老杨特别不像树的名字，而像一个人艰难困苦中取的名字。今天在车上，山西影视集团的高总坐在我前边，经过一片小老杨时，高总不自觉地叹息了一声，长了这么多年，就只能长成这个样子。这一声叹息里，我听出了惋惜。而在我看来，我今天看见的每一棵小老杨里，都长着另一棵南京小叶杨。在每一棵不够高大修长的小老杨里，都有一棵高大修长的南京小叶杨直插云霄。它是梦与现实的距离，是火与风的对话。泥土从不拒绝种子，不问种子从哪里来。种子也从来无法选择泥土，坠入黑暗便开始独自生长。一直到顶出地面，一直到地老天荒。我昨天听了小老杨的故事，今天看了站立在土地上无言沉默的小老杨，我为右玉的植树精神而感动，但我更心疼那一片片、一棵棵小老杨，我知道它们真正的样子，我也知道它们没能长成它们应该长成而且本来可以长成的样子。我想，如果它们会说话，这些小老杨会对每一个经过它的人说，很遗憾，很抱歉，没能让你看见我最好的样子。

是的，很遗憾，很抱歉，当下的中国影视行业，没能让大家看到编剧真正的最好的样子。我们跟这些小老杨一样，努力，向上，但却很难长成我们想要长成而且本来可以长成的样子。小时候学过一篇课文，叫《种子的力》，写的是一粒种子顶开了一块石头。我不喜欢这种表述，我一直想问的是，为什么没有人挪开那块石头？这也就是我入行以来，不断发出声音的原因。不是每一粒种子都有顶开石头的能力。而且，种子是用来生长的，是用来被呵护的，不是用来顶石头的。

剧本，就是我们影视行业的种子。这也是我们今天坐在这儿讨论的原因和目的。在影视行业，没有任何一样东西比剧本更重要。在影视行业，剧本就是根本；剧本，就是资本。所以，我们今天在右玉正式提出剧作中心制。

剧作中心制是什么？判断一个东西首先你要判断它不是什么。我们看看剧作中心制不是什么。一、剧作中心制不是编剧中心制。因为不是每一个编剧都有做中心的能力。而且引导剧本完成的，也并非全部都是编剧，有的时候是制作人，有的时候是导演，还有的时候是演员（虽然这种情况极少，而且反面例子居多，但我们不能否认这种可能性）。英雄不问出处，剧本也不问出处，剧作中心制的核心意义是，大家以剧本为根本，以剧本为依据，展开各环节的工作。在影视行业，剧本高于一切，剧本是影视行业的基本法。必须认识和确立到这个高度。二、剧作中心制不是内容中心制。内容是一个非常模糊的概念，就我们影视行业来说，剧本是内容；导演工作也是内容；推拉摇移升降甩，都是内容；表演也是内容，而且表演是非常非常重要的内容，从某种程度上说，观众一直认为，表演即内容；美术、录音、服装、化妆、道具也都是内容。所以，提内容中心制，就是眉毛胡子一把抓，没抓住重点。我们必须认识到，剧本是内容中的内容，导演、表演、服装、化妆、道具这些内容，叫衍生内容，从哪儿衍生出来的呢？剧本。所以，正本清源，一生二，二生三，三生万物。剧本是那个本，是那个一。

我们都知道，知易行难。提出了剧作中心制，怎么推行呢？从导演那儿能推行吗？不能。从制片人和演员那里能推行吗？不能。为什么呢？因为屁股决定脑袋。那怎么办呢？编剧来办。他们用屁股决定脑袋，我们就用脑袋决定他们的屁股。剧作中心制能而且只能从我们编剧本身做起。但同时我们大家也要注意，从编剧开始来推行，做样板房，开试验田，但不是说，这个剧作中心制只能由编剧来推行，更不能在推行的过程中扭曲为编剧中心制。编剧中心制，是要不得的。

好在我们也不是完全抓瞎。有两个非常成功的范本摆在我们的面前。一个是美剧。都说美剧是编剧中心制，错！美剧是非常典型的剧作中心制。首先做出一个剧本，剧本被认可后，开始进入生产模式。这样的模式，你不跟着剧本走是不可能的。当然，我们也应该注意到，在美剧的模式里，核心掌舵人一般是编剧兼制作人或制作人兼编剧。这个非常科学。咱们现在逐渐也有这样的概念出现了，像王丽萍，就是编剧兼制作人。但有一点，如果不是先认可剧本，再进入生产，这样的模式不能从根本上改变局面。所以，王丽萍老师的模式，是编剧中心制，还不是剧作中心制。另外一个例子就是汪海林。汪海林是咱们这次采风团团长，当然，也没设副的，基本一光杆司令。汪老师兴高采烈地来了，在车上睡了一觉，醒来打开微信群，看见谭飞喊我团长，非常生气，给我发微信说，你是团长了？实在不行，我当政委呗。我说，谭飞挑拨离间，别听他的。你还是团长。海林这才放了心。谭飞是“四味毒叔”的创始人，在“四味毒叔”管着我跟海林和星文，到了“右玉论剑”，他特别没有存在感。回过头说海林，海林马上有部戏要上，叫《爱国者》。在《爱国者》里，海林是编剧兼出品人。这步子又迈大了。这连编剧中心制都不是了，海林变成老板了。忍看朋辈成老板，长使英雄泪满襟。海林，你已经变成了你自己反对的那一类人。

另外一个成功的范本是电影频道。今天我们把电影频道的林丽宁也请来了。林丽宁昨天晚上吃盐碱羊肉的时候一个劲儿地跟我说，宋老师，我这次来名不正言不顺啊，你们都是编剧，搞创作的，我来是怎么回事啊？汪海林说，林老师你甭客气，还有俩名不正言不顺的。林老师说，谁啊？海林说，谭飞和李星文啊。林丽宁说，太好了，我好受多了。其实林老师你真是误会了，你真不是名不顺的，因为我们请你来是想请你介绍电影频道抓剧本的经验和程序。我们倒是也想请美剧的制作人来，路费花不起啊。所以，在咱们这个团，只有俩名不正言不顺的。是谁谁明白。其实在中国，真正搞剧作中心制的，就是电影频道。我不知道在座的还有谁给电影频道写过电视电影，我跟海林都写过。我写过六部电视电影，基本上都是林丽宁责编的。当时，要经过三审程序。每个程序都很严格，都有责编和文学编辑把关。最后三审通过的剧本，已经变成了一个资本。一部电视电影，最核心的就是剧本。其他工作，在剧本上衍生。我写出的最好的剧本《飞》，就是由电影频道制作的。当时，一部电视电影，投资不到百万，但是编剧可以拿到十万左右，这真正地体现了剧本的价值。昨天晚上我跟海林也在聊，电影频道抓剧本的经验和程序，我们应该把它推行到全行业，只有这样，才能把剧作中心制落到实处。

最后，我想跟在座的编剧同人说的是，对于我们编剧来说，如果你想更好地推广剧作中心制，那就得把自己变成一个明星编剧。有明星导演，有明星演员，也应该有明星编剧。越多越好。明星的意思，不是说名利，而是说有这样的编剧，能够强有力地推广对全行业有利的概念，同时也能有力地维护编剧权益。大家应该也都知道，我们编剧的收入从几千块钱一集提高到一万块钱一集是谁带领的？是王朔。王朔在当年就是一个明星编剧。这几十年来，我们偶尔也有明星编剧，但还是不够多。希望有更多的编剧同行站出来，担当更多的职责。不想站出来的编剧同行，我也理解，你就埋头写你的剧本，我们会搬开压在你头上的石头。不需你感谢，但是请你也不要在背后冷言冷语讽刺和谩骂我们。你走你的独木桥，我们给你连上阳关道。还有，来右玉给我最大的一个启示就是，要做成一件事情，必须攻其一点不计其余：要发展，种树！要打粮食，种树！要致富，种树！要娶上媳妇，种树！同样，影视行业要发展，剧本！要繁荣，剧本！要走向世界，剧本！要娶媳妇，剧本！

今天在山西右玉，在小老杨倔强而无边的怀抱中，最后念一首山西民歌，叫《小老杨，你好好活》。

天上下雨地上落
难活不过树挪窝
小老杨啊　你好好活
天上不会掉馍馍
俺有力气不闲着
小老杨啊　你好好活
栽了上坡栽下坡
一棵不活配几棵
等那绿荫铺满坡
搭个戏台唱秧歌

小老杨啊　你好好活

谢谢大家！

（2018 年 5 月 26 日在“右玉论剑”上的演讲）

电影宫旁边的赌场

大家下午好。很高兴来参加第三届宁波影视编剧高峰论坛。第一届的时候我参加了，当时做了一个演讲，叫《生活不止诗和远方，还有甲方乙方》。今年我出了一本演讲集，用的就是这个名字。当年那个演讲，主要批判的是大 IP、小鲜肉和无良资本带来的恶劣影响。两年过去了，我跟汪海林、余飞等人的批判落地生根，今年的大 IP 无论用了多么鲜的小鲜肉，多么大的大导演，多么大的大演员，多么大的大投资，多么大的大 IP，都多么大地大扑了街。两年前，汪海林发明了一个影视创作公式——大 IP ＋小鲜肉＝大傻子。这个公式屡试不爽，一一应验，但是没有人愿意从中吸取教训。

因为无节制地使用和利用大 IP 这个伪概念，一批处于当打之年的专业和职业编剧失去了创作的阵地，一批处于当打之年的骨干演员失去了表演的机会，一批处于当打之年的导演失了手，在大 IP 和小鲜肉这样一定会失手的事情上失手，在我看来，这叫失足。我们看到了，一些导演晚节不保，一些导演一脚踩空；我们同时也看到，我们大量的观众对本土的影视作品失去了信心和兴趣，他们去追韩剧，追美剧，追日剧；我们更看到，印度电影在我们的市场上予取予夺；我们还看到，大量的影视公司和平台开始从美国、欧洲、印度甚至泰国买版权改编。一句话，我们失去了创作的土壤和能力。王兴东一再强调，剧作是影视行业的芯片。但是这个芯片，这几年却被大量的业余人士和业外人士把持着。于是，我们看到了大量无效的叙事、蹩脚的台词和架空的情节。

从 2014 年 IP 这个概念出现，短短的四年间，我们毁掉了一批编剧，毁掉了一代演员，赶走了大量观众，目前即便是留在现场的观众也都开始两倍速甚至四倍速看剧——实际上就是用快进看剧。我认为，这是非常严重的审美事故，这是无法挽回的巨大损失。人心是一个美丽又危险的领域，天使不在，魔鬼即来。我想，多年以后再回首，大 IP 的这四年会是个苦涩的笑话，所有人都在失去，但竟然没有人在意。对创作者来说，没有比这更悲哀的事情了。

从去年开始，我们的创作者开始夺回了一些阵地。首先是电视剧《人民的名义》。《人民的名义》作为一部现实主义力作，在全社会引起了强烈的反响。在《人民的名义》中，没有大 IP，也没有小鲜肉，是由一批会演戏的演员来表演的。出乎所有人意料的是，这部作品不仅吸引了中老年观众，还吸引了社会上大量的年轻观众，中年戏骨吴刚成了年轻人的偶像。而更出乎所有人意料的是，在这部作品创作之初，周梅森和李路那条为了吸引年轻人而设置的年轻人的故事线索，反而是这部剧集中最不受欢迎的部分。这铁一般的事实证明，迎合不如引领。去年，电影《战狼 2》爆红，拿下了五十多亿的票房，今年春节档的《红海行动》《唐人街探案 2》，各自都取得了三十亿以上的票房，在刚刚结束的暑期档，《我不是药神》以其对现实的精准观察和剖析，拿到了三十多亿的票房。我之所以提票房，是因为在每一张电影票背后，都站着一位观众，并不是单纯指钱。王兴东说，电影是用脚写出来的。我们的观众会用心去投票。在我刚才提到的这些作品里，没有一部是大 IP，全部是原创。这体现了原创的力量。虽然这还不能说明我们夺回了原创的阵地，但这是一个好的开始。

这几年，我跟汪海林、余飞、谭飞、李星文等影视界同人一直在探寻复兴影视行业的答案。从对大 IP 和小鲜肉的批判到对假收视率和假数据的鞭挞，再到对行业自律和行业某些领域立法的呼吁，我们逐渐接近了准确的答案，在今年上半年，我们二十多位影视界同人奔赴山西右玉，经过两天的讨论，给影视行业开出了两个良方。我们认为，这就是答案。这两个答案，一个是剧作中心制，一个是新现实主义冲击波。

当我们向社会公布这两个答案的时候，引发了一些理解上的偏差。很多人认为，我们提出的剧作中心制是编剧中心制。剧作不等于编剧，剧作有时候等于编剧，有时候小于编剧，有时候大于编剧。剧作，是一部剧集或一部电影的基本法，这个基本法并不是编剧一家独大。我在西宁影展采访了《我不是药神》的导演文牧野，文牧野告诉我，《我不是药神》的剧本定稿以后，在拍摄中，除了因为场景的个别变动带来的剧本修改以外，剧本是绝对不改的。这就是剧作中心制。一言以蔽之，剧作中心制，就是以遵循创作规律为中心展开后续的制作过程。我们之所以在提出剧作中心制的同时提出新现实主义冲击波，是因为剧作中心制是方法论，新现实主义冲击波是世界观。这几年，我们看到了很多悬浮架空的作品，我们需要回到现实主义，需要回到生活的现场。新现实主义的“新”指的是创新，是迎新，至于现实主义，它不是一种题材，而是一种创作态度。创作现实题材的作品，需要现实主义的态度和手法，创作历史剧、科幻剧乃至偶像剧、恐怖剧，都需要现实主义的世界观。

前段时间，我去了西宁影展，在那儿，看见了剧作中心制和新现实主义的生命力。陆庆屹导演用一千五百块钱拍了一部电影，叫《四个春天》，这部电影必将成为中国电影的一部现实主义杰作。大家应该很快就能看到这部电影。这个影展有着不凡的现实主义态度，走出了文牧野、忻玉坤等新生代导演。上周，我陪汪海林去威尼斯电影节走了一趟。到达威尼斯的那天晚上，我跟海林挑选了一家威尼斯非常著名的家族经营的米其林一星餐厅，第二天一早，当地人告诉我们，这家米其林一星餐厅刚刚被降级为米其林推荐，不再是一星餐厅了。我们问为什么，当地人说，因为这家餐厅的经营方式非常灵活，他们经常会为了照顾全世界各地的游客而略微调整自己的口味。而真正的米其林餐厅，它的菜品必须是独立并坚定不移的。为顾客的口味而调整自己的口味固然可以赢得商业上的成功，但是失去了美食的精髓。当听到当地人这么介绍以后，汪海林思考了很久，然后非常感慨地跟我说，这个米其林一星餐厅降级的案例非常值得深思，可以作为我们接下来去宁波演讲的一个生动案例。今天中午，我遇见海林，我说，汪老师，我按照你的指引，把米其林餐厅降级的案例给用了。海林说，嘿！那我的稿子得重写。迎合观众，也许会获得一定的商业回报；一味迎合观众，一定会适得其反。创作者跟观众的关系是平等的，品质来自追求，来自坚持，来自独立。那天接下来我跟汪海林参加了中意电影人论坛。意大利电影《完美陌生人》的导演保罗参加了论坛，其间有中国观众向他提问，在中国拍电影，要考虑小镇青年的口味，对保罗来说，他拍电影，是否会考虑观众的口味？保罗的回答非常精彩，他说，对电影人来说，当然希望自己的电影得到更多观众的喜爱和观看，从某种意义上来说，导演是为观众拍电影的，但是导演永远不应该为特定观众拍电影。当保罗说到这儿的时候，海林转过头来跟我说，保罗说的这句话，可以跟米其林餐厅降级的案例结合起来，放到演讲里。我说，好的。

在世界影视行业来说，大家都是细分作品类型，只有到了我们这儿，我们喜欢划分观众类型：男观众、女观众、小镇青年观众、白领观众、长江以南的观众、长江以北的观众、90 后观众、00 后观众。我们从来没有去想，大家都是一样的人，都拥有一样垂直的人性，我们生活在地球的各个角落，之所以能够共守这一片文明，之所以大家都喜欢莎士比亚，都喜欢黑泽明，都喜欢那一方神奇的银幕，是因为我们都是一样的人。我们拥有不同的表征，但我们的内心息息相通。我们中国人喜欢意大利电影《西西里的美丽传说》，意大利人也喜欢中国电影《霸王别姬》，意大利人贝托鲁齐喜欢中国末代皇帝这个人物，所以一个意大利人拍出了至今最为中国人认可的《末代皇帝》。一切都不一样，一切又都一样，只要你敢于诚实地面对艺术和自我。

那天傍晚，我跟海林走到了威尼斯电影节的主会场电影宫旁边，在电影宫旁边，是一座叫“赌场”的建筑。海林非常感慨地说，为什么要在电影宫旁边盖这么一座叫“赌场”的建筑呢？因为自从到了威尼斯，海林就一直在指导和引领我，我觉得也必须展示一下自己的才华，以免被海林看不起。我就说，这是威尼斯电影节送给全世界电影人的礼物，那就是，以这两座比肩站立的建筑告诉大家，电影，就是一场赌博。但这场赌博，不是电影人之间的赌博，也不是电影人和观众之间的赌博，更不是电影人和电影节之间的赌博，而是电影人和时间的赌博。你能不能赢，在于你的电影能不能留在时间的长河里。今天我们在慈溪举办第三届影视高峰论坛，是非常富有意味的。慈溪，慈悲的溪水。故事，就是慈悲的溪水，注入每个人的心头。按照我的惯例，给大家念一首诗，我自己的一首诗，《九月》。

九月是最短的一个月
即便二月从不答应
少女们换下了裙装
牛仔裤亭亭玉立
九月是最快的一个月
你走得比什么都慢
一本书在手边
一匹马在草原

谢谢大家！

（2018 年 9 月 11 日在中国第三届影视高峰论坛上的演讲）

谈论电影的时候，到底我们在谈论什么

经常参加电影节的人都知道，最后出现的都是最牛的。用网络语言讲，我这叫 C 位。当然，我不是强调我个人的 C 位身份，我是在强调大家要重视 C 位的人。对吧，姚晨，咱们都是一个位置上的战友。

先自我介绍一下，我是来自“四味毒叔”的宋方金，我是一名编剧，当然，也没人知道我编写过什么作品。这几年我骂过很多人，他们一直在反击我，宋方金，你能不能用作品说话？我说不，我就要用人品说话。

今年接到 First 影展的脱口秀邀请以后，我是不想来的。我跟谭飞说一到电影展很多都是朋友，吐槽起来万一当面伤到朋友，显得咱们人品太次啊。当然你无所谓，你已经不会再次了。谭飞说，那我不管，这次 First 影展咱们一定得去！势在必行！我说为什么啊？谭飞说人家给报销来回机票啊！

所以我就来了。来了以后感受很深。在大厅里一个非常漂亮的女孩看见我，非常热情地跟我打招呼说，宋方金，我很喜欢你的脱口秀，你比李诞说得好。我说，这么说不合适，虽然大家都这么认为。之后我赶紧掏出手机，打开了二维码。这个女孩也拿出了手机，就在扫我的二维码的一刹那，跟我说，宋老师，我是一个制片人，你骂过的一个人正在跟我合作哎。我说这个人在你的作品系列里是头部资源吗？这个女孩说，反正不是腰部。我想了想，说，别加了，还是以事业为重吧。

到了晚上，是入围晚宴。谭飞领着我来到了晚宴，因为他人头很熟，在影视界，没有谭飞不认识的人。当然，他认识的人大部分都不认识他。然后我俩看见谢飞神采奕奕地走来，谭飞领着我上前打招呼。谢飞顺口问了一句谭飞，问他们两个人一个共同的朋友，就是某某某来没来。谭飞脱口而出，“First”是个青年电影展，他都五十多了，他来干什么。这个时候，我看见谢飞深沉而默默地看了谭飞一眼，转身去拿甜品吃去了。谭飞突然醒悟过来，哎呀，方金，你说谢飞是不是生气了？我想了想，跟谭飞说，你猜？然后我跟谭飞说，这个事情还不在于谢飞生气不生气，而是在于今年的First影展如果全世界只能来一个嘉宾，那也只能是谢飞。谭飞问为什么，接着又说，你不准让我猜。我说，因为今年是First影展的本命年。谭飞又问，为什么？我说因为谢飞拍了一部经典电影叫《本命年》，寓意吉祥。谭飞对我竖起大拇指说，方金，真的，你的电影知识太丰富了。这就是我们“四味毒叔”创始人的水平。

既然来了First影展，还是得说点干货。大家都知道，First影展的创始人姓宋，我也姓宋。大家以为这个梗很冷对吧？宋方金肯定不是First影展的创始人嘛。很遗憾，正是。在十几年前，宋文那时候的理想是做一名制片人，他费尽心机找到了一部完美的电影剧本，叫《一生高贵》，剧本之精妙之伟大，难以想象。那个剧本的编剧就是我。宋文想跟我把它做成一部电影。我们经常在中国传媒大学南门西边的一家咖啡馆开会。我们发现了一个很重要的真理，就是拍电影需要钱。我忘了是2005年还是2006年，那时候中国电影一年的票房还不到十个亿。市场上没有钱。那个时候我发现了宋文身上有一种高贵的品质，就是别的制片人找不到钱就让编剧改剧本，但是宋文一直在找钱。有一天他告诉我，他虽然还没找到钱，但他知道钱在哪儿。我说你说的不是银行吧？他说不，能投咱们这样比较文艺一点的电影的钱都在电影节。我说那咱们有电影节的路子了吗？宋文摇头，没有，但是，我们可以自己办一个电影节。我当时倒吸一口冷气，我说，兄弟，咱们为了打只鸟整一片不知道能不能整成的森林值得吗？宋文看着我，坚定而深沉地说，谁知道呢。那是一个秋天，我目睹青年人宋文一头黑发一件白风衣在落叶飘舞中走进了中国传媒大学的校门。然后在昨天上午，我在“四味毒叔”First 影展的特别采访间又看见中年人宋文穿着一身黑西装一头星光白发满脸笑容地向我走来。我当时心里一酸，说，宋文兄，你的头发都白了。宋文说，咳，干电影累，干电影节更累，干有内容输出的电影节，就是受罪。十几年，就这么把头发干白了。我赶紧安慰他，我说，不干电影节也会白的，没想到你真把电影节干成了。宋文说你的那个《一生高贵》剧本激励了我。有宋文这句话，我今天单方面宣布：我也是 First 电影展的创始人。

First 电影展从北京的大学生影像节前身，到落户西宁，到今天迎来了本命年。可喜可贺。十年一个时代，十二年一个轮回。电影不老，电影人易老。中国电影最重要的发展阵地都跟西字有关。广西电影制片厂拍了第五代导演发轫之作《一个和八个》，然后西安电影制片厂迎来了第五代导演的超新星式爆发。今天轮到西宁的 First 影展了，这几年中国电影最重要的收获都来自 First 影展，如忻玉坤导演、文牧野导演等。宋文在跟我的访谈中说，这里的电影是中国电影的面子。我说不是，First的电影是中国电影的里子，同时也是面子。广西、西安、西宁，为什么中国电影的重要转折阵地都在跟西有关的边城呢？今天我在这儿郑重其事地告诉大家：我也不知道。

谈论电影的时候，到底我们在谈论什么？是的，我们在谈论票房，谈论明星，谈论商业，谈论目标观众群，谈论上市。但是在西宁，我看见大家谈论电影的时候，是在谈论故事，谈论光影，谈论爱，谈论人。在这儿，我看见人们在谈论电影的时候，脸上都有光，眼中都有泪。是的。我们爱电影。但其实，电影不偏爱任何人。电影不会因为你爱它，它就偏爱你。电影是独立的光芒，你必须爱自己它才会爱你，你必须爱别人它才会爱你，你必须爱人间它才会爱你。曾经有一群大IP推手跟我辩论，他们说没有IP根本拍不了电影。我说你们不要吹牛，只有一种情况下我拍不了电影，就是没有电拍不了电影。

大家都知道，这几天我们中国女性的“Me Too”运动正在轰轰烈烈展开。在那些被列出涉嫌性侵的名单中，有的我认识，有的还曾经是我的朋友。有人问我，你认识的那个涉嫌性侵的某某生活中怎样？我说，他勤恳、认真、热心、兢兢业业、乐于助人。那人又问，那你相信他性侵吗？我说，是的，我相信。因为人性就是这样幽微复杂。在我们看得见和看不见的地方，人和人性会呈现出不一样的形状。新闻要负起新闻的责任，法律要负起法律的责任。每个机构都要负起自己的责任。但在更为复杂的人性地带，它们进入不了，而这就是我们的故事和电影要负起的责任。在光影交织的世界里，让我们看清那些我们在生活中不能看清的部分，认清那些在现实中被我们忽略和遗忘的情感。在电影里，我们辨认各自的前世今生，照耀那万丈的滚滚红尘。

谢谢大家！

（2018 年 First 影展脱口秀）

都追金凤凰，谁栽梧桐树

大家下午好。很高兴参加电影频道的论坛，到这儿来就像回家了。因为我是电影频道培养出来的编剧。来参加之前，我以为是圆桌对话式论坛，结果没想到这么高大上，是站着发言。我刚才问组织论坛的电影频道的唐科，为什么不是坐着而是站着，唐科跟我说，本来想的是坐着，但是后来一想，一个论坛还是要有些寓意，你没有看出来我们的寓意吗？我说我还真没有看出来。唐科说让大家站着发言的寓意就是电影频道要让中国电影站起来。我说，唐科兄，一个人站起来的前提是必须得坐着。目前中国电影一半是躺着的，撒泼打滚儿；一半是跪着的，腰椎间盘突出。想一下让中国电影站起来还是有难度的。当然，今天我们来就是解决这个问题的。今天我的发言题目是《都追金凤凰，谁栽梧桐树》。其实说完这个题目，我的发言就结束了。我想说的也无非就是这么十个字，因为我把这十个字发给电影频道的唐科后，唐科说，哎呀你这题目就已经说透了，真的，你不来都可以。我说，来我还是要来的，一是见见老朋友，二是看看晚上是不是还能管顿饭，但是我看也没有用餐提示，估计蹭饭也蹭不着了。我跟电影频道打交道有些年头了，先是跟事打交道，后是跟人打交道。当时电影频道有个闪亮的广告词，叫"打开电视看电影"。当然，中国导演拍成了"打开电影看综艺"。说实话，大部分电影还不如电视剧。我给电影频道写过六部电视电影。其中有一部叫《飞》，是电影频道拍的电视电影中最好的之一。加个"之一"是为了表示我谦虚，因为如果我要说是最好的，又会得罪很多人。《飞》当时是否投拍也有争议，后来是文学编辑林丽宁和文学顾问张震钦力荐，最后才得以通过。在此也特别感谢张震钦和林丽宁。他们的努力争取让电影频道拍出了一部经典电影。前几天深夜，林丽宁突然给我发微信，说她刚看了《摔跤吧！爸爸》，说这样的剧本完全是方金你能写出来的啊。过了几分钟，又给我发了一条，说方金你完全有责任写出来。我百感交集，不知如何回复。其实我当时对林老师是有些意见的，因为《摔跤吧！爸爸》固然不错，我也写了一篇影评来推广这样的好电影，但它的剧本并没有多么好，也就是及格线以上的剧本而已，可以说我写的绝大部分电影剧本都比《摔跤吧！爸爸》这个剧本好。但这个电影为什么这么成功呢？各家媒体、各路人马都洋洋洒洒地发表这部电影何以成功的观点。但在我看来，无非是五个字：修辞立其诚。就是拍摄这部电影的工作者特别相信自己的这个故事，特别诚恳地去表达，去表演。所以，唐科，我今天的题目其实是：都追金凤凰，谁栽梧桐树，修辞立其诚。行走江湖，必须时刻留一手。

《摔跤吧！爸爸》这样的剧本如果给现在中国的各大小影视公司，这些公司会投拍吗？我可以告诉大家，不会的。因为它不是一个IP，而且它不是一个大IP。曾经有人跟我说，方金，目前在中国没有IP拍不了电影，我说别吹牛了，只有一种情况拍不了电影，就是没有电拍不了电影。在中国，《摔跤吧！爸爸》这个剧本目前如果能投拍，只有一个可能，就是由演员出面做这个项目。只要有一个小鲜肉级别的演员来演，别说是这个剧本，就是再烂的剧本，也可以投拍。实际上，目前中国的大部分电影都是由演员操控发起的。除了几个大导演之外，一个电影项目是否上马取决于这里边是不是有核心演员资源。现在是演员掌控中国影视，电视剧情况更甚。中国电影要上去，演员必须下来。但演员只是问题的表象，说到底还是无良资本的介入扰乱了创作秩序。

《摔跤吧！爸爸》火了以后，有公司说要翻拍一部，就是买它的翻拍权，又快又简单。但找谁演呢？找了一圈，没找着演爸爸的演员，于是又开策划会，大家一致认为改成《恋爱吧！孩子》更有可操作性，而且有网感，能赢得“九千岁”的欢心，大家知道“九千岁”是什么吧？就是90后加00后。于是找编剧开始写了。我一开始以为是个段子，后来人家告诉我这是真的。这基本就是中国影视界的现状：先是跟风，跟不上就造假。从剧本到拍摄到票房到收视率再到点击率，全面造假，然后宣布自己全面胜利。在这种情况下，电影频道要转型面临不小的困难。最大的困难在于，目前是假币在市场上流行，你是造真币的，你怎么办？如果是民营公司、民营资本，很简单，一起参与造假的狂欢，同流合污就可以了。我经常听见有些编剧、导演、制片人说，不以赚钱为目的去拍电影是不道德的，是耍流氓，我们不能让老板赔钱。在中国，做老板真好，时时刻刻，走到哪儿都有人替他排忧解难。我经常说，拍电影就像开汽车，后备厢不要管方向盘的事儿，发动机不要管轮胎的事儿，大家各司其职。编剧、导演、制片人的任务是拍出好电影，投资人的任务是投资，大家可以找最大公约数，但这个最大公约数一定不是资本所认为的最大公约数。编剧兰晓龙有一句话说得特别好，他说：资本可以追求利益的扩大化，不能追求利益的最大化。

但是按照目前的影视公司穷凶极恶杀气腾腾的态势，追求利益的最大化已不可逆转。所以当我接到这个会议通知的时候，眼前一亮。因为电影频道作为一个国家媒体平台，正是平衡市场与创作的极佳砝码。它的劣势，也正是它跟其他影视机构相比之下的区别和优势；它的优势，就是真正的优势。在此之前，有一个电视剧行业的例子可以拿来做借鉴和启发。2010 年以后，大量的资本涌入影视行业，首当其冲的是电视剧行业。钱一多，就完全市场化了，大家都不知道怎么拍了。编剧、导演、演员、制片人，甚至电视台都被绑架了。这个时候，有一个团队没有被打乱，还在不紧不慢地拍。这个团队就是侯鸿亮团队。当时，他们的名称是山东影视集团北京中心，属于国有体制。这个团队原来是《闯关东》的 B 组，B 组导演是孔笙，制片人是侯鸿亮。孔笙也给电影频道拍过一部重播率很高的电视电影，叫《狩猎者》。《闯关东》之后，这个团队第一次独立亮相是在兰晓龙的《生死线》。《生死线》在全国各大影视公司转了一圈，转到了侯鸿亮手里，他跟孔笙决定干这个事儿，在艰难的情况下干成了。兰晓龙给侯鸿亮介绍了一个非常好的文学策划，叫陆维。陆维的文学阅读品位很高，她在 2010 年入职，给侯鸿亮找来了《琅琊榜》《战长沙》《伪装者》《欢乐颂》等项目。陆维是个宅女，大门不出，二门不迈，这些项目都是怎么找来的呢？主要是她喜欢阅读，《琅琊榜》《战长沙》《欢乐颂》就是纯粹通过阅读找来的，《伪装者》是她在广电总局培训班学习时候的同班同学写的，也是投稿无门，最后陆维看了之后推给侯鸿亮。侯鸿亮立即拍板买下拍摄。大家要知道，侯鸿亮在买《琅琊榜》《欢乐颂》等作品的时候，根本还没有 IP 一说。他们仅仅是凭借对剧本、对作品本身的判断，来决定是否上马一个项目。他们一是有定力，二是有态度。所以在几年金钱大潮的摧残下，其他当年叱咤一时的公司都烟消云散，但侯鸿亮团队以正午阳光的姿态成了国剧良心。一个好的机构、平台，必须得有代表作。什么叫代表作？如果没有侯鸿亮团队，就没有《生死线》；如果没有侯鸿亮团队，就没有《北平无战事》。这就是不为时势所动，坚持做品质剧的结果。现在又有人对正午阳光出品的剧颇有微词，侯鸿亮说，我们并没有变，我们还是那支团队，还是会坚持品质路线走下去。侯鸿亮团队开始起步的时候是国有体制属性，很好地屏蔽了一些市场化极端行为。我觉得从大小多少来说，电影频道和侯鸿亮团队不一样，但是发展的属性是一样的。侯鸿亮团队目前估值应该已经过百亿了，这就是云开日出的结果。希望电影频道成为中国电影的正午阳光。

我入行也有十来年了，参加的项目策划、论证、研讨也有很多了。每次在一个电影项目讨论的最后，总会有人说，最后片子还可以卖给电影频道嘛。甚至很多电影，唯一的指望就是电影频道。对很多机构来说，电影频道是最后的一条道路，但这正是电影频道最初的一条道路。所以，只有电影频道在目前这种情况下才有可能栽下梧桐树，等到以后就不是捕捉电影的金凤凰了，而是金凤凰永远常驻在这里。

前些日子，我在北京国际电影节的编剧帮论坛上发表了一个演讲，叫《给中国电影装上真正的生命》。希望能看到电影频道拍出有生命力的电影。希望有更多的编剧导演去拍站起来的电影。不躺在别人的身后，不跪在金钱的面前。为生命，为未来去拍电影。

（在电影频道出品影片转型战略研讨会上的演讲）

电光石火的一年

大家晚上好。前段时间，《新周刊》的同志给我打来电话，让我说说 2017 年影视界的情况。我问多长时间，《新周刊》的同志说，没的说就五分钟，有的说就六分钟，总而言之别超过六分钟。我不禁悲从中来，影视界的作品让人看不起我知道，但我没想到，搞事儿的能力都让人看不起了。我们的事迹“罄竹难书”，六分钟远远不够啊。但既然时间已定，我就以产定销，拣不重要的说一说。家丑不可外扬嘛。

对中国影视行业来说，今年首先是一个“日本年”。演员黄磊一口气讲了两个日本故事，一个是翻拍了山田洋次的《麻烦家族》，一个是翻拍了日本的电视剧《深夜食堂》，看得人直想深夜挠墙。小虎队出身的导演苏有朋今年拍了根据日本作家东野圭吾同名小说改编的《嫌疑人 X 的献身》。他是唱日本旋律《青苹果乐园》出道的，再度拥抱一次日本文化不算意外，希望他接下来能拍点有文化血脉的故事。《纵横四海》的导演吴宇森翻拍了日本电影《追捕》。据媒体报道，吴宇森导演说想拍一部致敬作品，向《追捕》和高仓健老师致敬，现在从结果来看，吴宇森导演拍了一部抱歉作品。我多次提醒和告诫中国影视工作者，四面环海的岛国故事不能改编为广袤大陆的故事。故事有三性：一、普遍意义上的人性和主题的真理性；二、独特的和逻辑自洽的地理性；三、地理性养育而成的族群心理性。只有三性统一，才能保证故事不会成为事故。我苦口婆心说了好几年，奈何知音少，弦断无人听。接下来马上在中国市场跟中国观众见面的日本故事是贺岁档上映的陈凯歌改编自日本小说的《妖猫传》，春节档将上映的根据东野圭吾小说改编的《解忧杂货铺》。之后还有根据《东京女子图鉴》改编的《北京女子图鉴》和《上海女子图鉴》的电视剧作品。不知道以后会不会有《铁岭女子图鉴》和《唐山女子图鉴》。除此之外，还有很多日本故事正在被改编或正在被拍摄。毫不夸张地说，我们把日本能买和不能买的版权全部买空了。今年五月，我参加了中日两国剧作家论坛，日本来了十位一线编剧，包括《深夜食堂》和《东京女子图鉴》的编剧，他们带来了一个问题和一声叹息。这些日本编剧见到中国的编剧时，都迫不及待地先问一个问题：什么是 IP？日本影视界根本不知 IP 为何物，不但日本人不知道，其实欧美影视界的同志们同样不知道，非常地无知。但我国的 IP 推手一直信誓旦旦地说，IP 是从国外传进来的先进概念。难道还有另外一个“国外”？然后日本编剧们还带来了一声叹息，说中国人太猛了，以“迅雷不及掩耳盗铃”之势短时间内把日本故事抢购一空，他们竟然没来得及涨价。但是现在他们又看到了希望，因为中国人抢购的第一批版权基本都快到期了，再拍就得二次购买了。一群中国人，锲而不舍地讲日本故事，这是一种什么力量？这是一种什么精神？我们一直在讲文化自信，这叫文化自信吗？这叫文化他信。当然，李星文有个词儿更狠，叫文化自宫。有一次我跟一个买了很多日本 IP 和日本大 IP 的制片人一块吃饭，我情绪有点失控，我说你能不能不要买这么多日本故事，能不能拍点别的。这个制片人也非常气愤地说，你以为我只想拍日本 IP 吗？我倒是想拍韩国 IP，萨德导弹在那儿捣乱呢。我这个朋友说日本人不好弄，买了他们的版权还得受他们管，所以他现在正在买印度 IP 和泰国 IP，荷兰、毛里求斯、土耳其、以色列和黎巴嫩他都打听了，已经囤了一批了。

2017年还是IP和大IP死亡的一年。前两年，中国影视界的同志们见面三句话，你这个是IP吗？是大IP吗？是真的IP吗？到了今年上半年，因为IP已经半死不活了，影视界同志们见面的暗号变了，不再提IP了，见面的时候一般说，我这儿有个头部，绝对能做个爆款。我在上海电视节和电影节走了一圈，每个公司的发布会都宣称自己要打造头部内容，这事儿挺惊悚的，中国影视行业没腰啊，没身子啊。而且我仔细看了一下他们发布的头部作品，全是臀部内容啊。前段时间我在《新周刊》上宣布IP已死以后，IP推手们纷纷反击我，其中IP最强推手之一的侯小强在他的公众号上组织了文章反驳我，说IP不会死的。大家都知道，在战场上，或在某个危急时刻，一个人对另一个人说，你先走，我不会死的！结果往往都死了。侯小强可能也清楚这个结果，所以最近几天他又造出了一个新名词，叫核IP——核弹一样的IP。但是有个不厚道的编剧汪海林说IP的核不就是核IP吗？吃苹果吃梨的时候见过谁吃核啊。真的，我就是想到我也不会说，做人要厚道嘛。海林，你的名字应该叫海涵。

除了IP推手，还有一些不明真相的群众，说IP怎么会死呢？《西游记》《红楼梦》《三国演义》不都是IP吗？真的，善良有时候会限制人的智力。今天借《新周刊》的场子，我把中国IP界对IP的定义说一下。什么叫IP呢？就是一部作品的作者还活着，或者虽然死了但没有超过五十年，那么这部作品才有可能被称为IP，因为它可以进行有价值转让。著作权的规定是一个作者死了五十年以上，他的作品就变成了人类共同财富。举一个简单的例子，老舍先生的作品在2016年8月24日以前还有可能被中国影视界的IP推手们当成IP，但在此之后，就不能了。因为老舍先生从那天之后就去世满五十年了，他的作品已经进入了人类共同财富领域。其实我说得太啰唆了，简单一句话，IP就是能不能卖钱。你拿着《红楼梦》卖给谁？不过我还真见过一位制片人，他宣称自己有《山海经》的版权，谁拍就要告谁。他的版权期可能是五千年。接下来还有两千来年，看他怎么度过这茫茫岁月吧。

2017年，我们国家的银幕数超过了五万块，电视剧网剧有三四万集，但依然没有打动人心的故事。我们有票房，没有心房；我们有点击率和收视率，但没有心率。我们嘴上在说深入生活，但其实一直在深入生意；我们嘴上在说扎根人民，但一直在扎根人民币；我们一直在标榜要有文化理想，但行业一直在用文化理财；我们一直在强调影视行业要输出价值观，但我们一直在输出价格观。有很多人告诉我、提醒我，说你每次演讲能不能讲一点正能量。我说不能。光在最黑的地方最亮。你要找到光，你就去黑的地方；你要找到最亮的光，你就去最黑的地方。正是从哪儿来的？负负得正。

2017年就要过去了，空气里弥漫起新旧交替的气息。2017年就这样过去了，依然不够完美，也不全无是处。生活好像总是这样，生活好像永远这样。让我们迎接它，让我们承受它，让我们改变它，让我们怀念它。按照我的惯例，最后念一首诗，今天自恋一下，念我自己的一首诗《怎样才能告诉你一场鹅毛大雪》。

一个冬天过去了。亲爱的！
我要怎样才能向你形容和描述
我历历在目的那场鹅毛大雪？
我的困难在于：
一、你未曾见过大雪；
二、你也未曾见过鹅毛。

（在《新周刊》2017年度新锐榜上的演讲）

给中国电影装上真正的生命

大家上午好，很高兴来到北京国际电影节的编剧帮论坛跟大家交流。这个论坛到今年是第三年了，很不容易。因为中国有句俗语，叫事不过三。这个话可以有很多解释，比如一件事很难干三次，或者说一件事干三次都干不成那就别干了，等等。反正就是“三”这个坎儿比较难跨越。可以说，编剧帮帮主杜红军是用斧头帮的精神作风办编剧帮的事儿，而且硬把北京电影节给办了三次。这就叫干成了嘛。今年韩小凌、李潇、陈舒、吴兵等大咖都来了，它没有不成的理由了。当然，大家也都看到了，我也来了。我来了，想把这事弄不成就比弄成还要难得多。编剧帮这事儿成了以后，大家知道前边等着编剧帮兼斧头帮帮主杜红军的下一句俗语是什么吗？

对了。是三三不断。干不成就是事不过三，干成了就是三三不断。中国俗语特别有意思，失败了就说失败是成功之母，成功了就说有志者事竟成。需要别人帮助的时候就说一个好汉三个帮，如果这事自己能搞定或找不到人帮就说靠人不如靠己。中国的中老年人，看见比自己牛的年轻人就说后生可畏，要是年轻人不如自己马上就说嘴上没毛办事不牢。大家发现没有，在中国做事非常累，但做人非常爽，无论你成功失败，无论你坚持放弃，都有一种文化解释在那儿让你心安理得地面对。

今天的主题是类型，我为什么先谈文化语境和人呢，这是因为不管什么类型，故事行业始终都是一个由人来表现人的行业。有什么样的人，就会有什么样的故事；有什么样的讲故事的人，就会有什么样的价值观；有什么样的现实，就会有什么样的类型。最后这句话不能反过来讲，不能讲有什么样的类型，就会有什么样的现实。中国影视界关于类型的一切问题的根源，都在于把类型和现实的关系搞反了。所以今天我的目的是要把类型和现实的关系给摆正。有一天我想了一下，世界上有什么是我能摆平的，最后发现只有一个人我能摆平，就是我自己。但后来我又发现，就是我自己我也摆不平。因为有好多领导啊朋友啊，都不断提醒我，说方金你能别那么愤怒吗？中国影视的大方向是好的，中国的小鲜肉大部分是敬业的，能说点好听的吗？还有很多人问我，你说的98%的小鲜肉不敬业的数据是怎么统计出来的，你这是不是假数据啊？说实话，我对此真是火冒三丈。《三生三世十里桃花》一天的点击能超过十五亿没有人去质询，反而来质询我的98%，点击量假得多么令人发指，没有人去打假，反而来责问我的98%？大家知道一天的点击量超过十五亿是什么概念吗？根据统计学常识我们可以得知，如果这个数据是真的，那意味着中国的人口绝不是十四亿多一点，而应该是二三十亿。所以在此向所有关心98%的小鲜肉不敬业这个数据的朋友们和敌人们宣布，在点击率和收视率造假情况没有改善的前提下，我将无限时不公布我的数据统计过程和统计方法。另外在此也告知那些小鲜肉的粉丝，不要天真地以为你们家爱豆在那2%里面。同时也要敬告那些威胁我的人，说他们家小鲜肉不演我的戏，在我的戏里，只有演员和表演艺术家，绝没有小鲜肉的位置。最近小鲜肉这事闹得沸沸扬扬，连我老家的我爹我娘都在田间地头听说了这事儿，给我打来电话，说你不是在北京干编剧吗，怎么干成卧底了？现在听说全社会都在抓特务啊，得罪那么多人干什么，危险的事儿不要干。我本来今天想说点好听的，但想来想去，我还是摆不平自己，还是得说实话。所以前几天我在青年作家李尚龙《你要么出众，要么出局》的新书发布会上做了一个演讲，叫《出众与出局》，那是一个非常棒的演讲，因为我宣布我从影视界出局了。

编剧帮这个论坛筹备的时候，有一天我在外边办事，杜红军给我打电话，邀请我参加今年的这个论坛。我说今年的议题是什么，红军说是类型电影创作谈。我说我想想。我这么说的意思就是不想参加，因为这个话题太大了，在争分夺秒的论坛上很难谈出什么。那天我办完事回家，一进小区就看见迎面挂上了一条横幅，几个大字迎风招展，写着“致小区的文明居民们：请文明养狗”。我一看就知道，又有人不文明养狗了。我当时就想到了红军说的这个类型创作的议题，为什么最近几年各个论坛、研讨会都爱讨论电影的类型问题呢？其实就跟我们那小区一样，没有文明养狗，就倡议文明养狗，属于缺什么吆喝什么。我就给红军打了个电话说我来。先吆喝起来再说，因为类型是中国电影的软肋。

刚才我说了，要搞清类型，就要搞清现实与类型的关系。现实在前，类型在后。现实由什么构成？由人。拍电影，首先要观察人。我有个好朋友，是位作家，叫刘震云。大家应该看过他的书或者电影。有一年，德国歌德学院的院长阿克曼邀请刘震云去德国住两个月，其中有一段时间住在莱茵河畔。刘震云爱散步，歌德学院就安排了陪刘老师散步的人。某天陪刘老师散步的是三个德国朋友，两女一男。刘老师走着走着，突然顺嘴问了德国的朋友们一句话，莱茵河有多深？这三个德国朋友一愣，抓耳挠腮，被问住了。甚至他们三个人开了一个会，然后由一位女士跟刘老师说：对不起，刘震云先生，您这个问题我们无法回答。刘老师也是一愣，难道对方误会自己是卧底？到德国来探听莱茵河的情报？莱茵河也不算军事机密啊？女士又接着解释：为什么你这个问题我们无法回答呢，因为莱茵河春天、夏天、秋天和冬天的水位是不一样的，我们无法给你一个标准答案，这需要回去查。刘震云一是觉得很震撼，二是觉得很拧巴。因为如果是在刘震云的老家河南新乡王楼镇老庄村，你问村前那条河水有多深，马上就会有人说，两米五！或者说，三米四！再不济也会说，咦！深得很哪！前年还淹死过人！我们中国人非常善于把一件事儿说成另一件事儿。对于问题的提出和答案的谨慎，德国人和中国人是非常不一样的态度。我们的主持人韩小凌前几天还在朋友圈吐槽，说为什么北京电影节每场论坛都会有一些特别奇葩的提问。这些提问都不像是提问，都像是找机会做自我阐述。能不能提出有价值的问题，是一个人的价值所在。我经常看见有记者在夜幕下追着刚下飞机的明星问，请问您第一次来到这座城市，对这座城市是什么印象？他刚下飞机，雾霾重重，他能有什么印象？但更奇葩的是还真有明星回答，来到这座城市好高兴啊！好开心啊！好快乐啊！这儿的人们非常善良，城市非常美，我很喜欢这里！从这肤浅的一问一答里，我们可以非常深刻地读懂中国。刘震云关于莱茵河的故事还没有结束，到了晚上，德国的朋友跟刘震云道别的时候，问，刘震云先生，您今天过得愉快吗？刘震云是非常聪明的，他立即学会了德国思维，他说：你这个问题我无法给你一个统一答案，因为我今天早晨、中午和晚上的心情是很不一样的。这就是不同地区、不同国家、不同民族带来的不同类型的人和不同类型的思维。

人由人性和地域性构成。人性是普遍的，但地域性是有很大差异的。这就是我想强调的类型并不是普遍的，它与现实相对应。东北地广人稀，说话需要放出声音，所以流行歌手多出自东北。那英、孙楠等成批成批地出。湖南是山地，上下关系，说话需要把声音送上去，所以民歌手多出自山地，如宋祖英、张也、雷佳、陈思思等。到了草原，一望无际，走老半天也见不到人，就出了长调，长调是唱给自己听的。我们山东多丘陵地带，声音送不出去，所以山东很少出歌手。我们擅长什么呢？拉呱儿，就是说话。所以我们山东出了一位特别会说话的人，叫孔子，他的著作叫《论语》，论语的意思就是如何有条理地说话。一个好的故事，或者一部好的电影，一定是从地域性出发，最后直抵人性的深处。在这中间，有一个规律性的形式，保证讲故事的高效性，我们称之为类型。咱们中国的影视界其实不关注作品类型，他们关注观众类型，他们爱细分观众，总爱说你这部戏南方的观众不喜欢，过不了长江。那《权力的游戏》为什么越过了太平洋呢？难道咱们的长江比太平洋还牛？我还见到好多假影视工作者，他们总是这么策划影视剧：给影视剧设计几条线，这条是吸引中老年观众的，那条是吸引下岗工人的，这条是吸引年轻人的。这不叫拍电影，这叫用地沟油和一滴香做乱炖。划分观众类型是愚蠢的，寻找作品类型才是正道。

类型是对创作规律性的提炼，但它不是机械的——它时刻在发生变化，以对应生活的变化；它也不是万能的——即便一个创作者多么熟悉类型，类型也不能保证他成功。熟悉类型的意义在于不犯或少犯基本错误。因为时间关系，我不展开论述，因为还要给压轴的杜红军留一点时间。我在最后的这点时间里说一下中国电影目前不会成功的两个类型。

第一个类型就是科幻电影。我的推断是二三十年之内，中国的科幻电影不会成功。科幻电影的类型基础是什么呢？是科学。在现在说拍科幻电影是非常科幻的事情。2010 年，宁浩工作室找我改编刘慈欣的科幻小说《乡村教师》，我当时就跟他们说：我改不了。因为我们的文化土壤目前还长不出科幻电影这个类型。今年听说宁浩要拍了，改成了《疯狂的外星人》，可能是离科幻远了一点，想延续他的疯狂系列的喜闹剧风格。如果是正面碰科幻，必败无疑。剑走偏锋走喜闹剧行不行呢？我觉得也是险棋。现在还有人提出了软科幻，软科幻也是科幻，拍带“科”字的电影都悬，都小心点吧，很容易被“失败是成功之母”这句俗语盯上。把“科”换掉，换成“玄”就不悬了。玄幻。我们的文化土壤里有玄幻的基因。一听应劫、历劫、转世、轮回，大人小孩都双眼放光。除了故事本身，类型电影还要有配套的体系。比如说演员，马特·达蒙穿上宇航服我们是相信的，艺术创作术语叫“心甘情愿地相信”，但这相信也有一个基础，就是美国这么多年目光一直向外，登上了月球，探索了火星，发射了旅行者一号，基本算飞出了太阳系。它有这些强大的事实成就支撑科学幻想。我们华语演员也有很多形象好的，比如陈道明、周润发，即便这些形象最好的演员，你让他们穿上宇航服去火星救援或去阿凡达星球抵抗侵略似乎都不太对劲儿。因为他们背后没有物理依据和科学基础。所以在此我提醒所有拍科幻电影的朋友们：你们碰上硬钉子了，小心被扎。也有很多强硬的朋友跟我说，难道我们不能探索着去拍科幻片吗？每个领域不都应该有先驱吗？当先驱我支持，我只是不希望他们捐躯。你非要在中国弄支橄榄球队跟美国比橄榄球我也没意见，大不了就是输得很难看而已。

第二个类型就是超级英雄电影。我想在相当漫长的一段时间内，我们不会出现超级英雄电影。因为我们没有诞生超级英雄的土壤。我们从小一直被教导：各人自扫门前雪，莫管他人瓦上霜；一直被告诫：木秀于林，风必摧之，行高于人，众必非之；一直被提醒：清官难断家务事，管闲事落闲非；一直在新闻中听播音员强调：我们不干涉别国内政。但超级英雄大家都知道是干什么的，他就是管别人瓦上霜的，他就是行高于人的，他就是保护妇女儿童的，他就是管闲事的。超级英雄不但中国拍不了，欧洲也拍不了，俄罗斯也拍不了。超级英雄这个类型目前只有美国能拍。因为他们正在扮演或试图扮演这个超级英雄的角色。所以汤姆·克鲁斯或斯佳丽·约翰逊、小罗伯特·唐尼一次次拯救全世界，观众就会“心甘情愿地相信”。所以如果让范明或林永健去拯救全世界，就不会有什么说服力。但是你如果让范明或林永健带领一个村子发家致富奔小康，这是恰如其分的。最近我看有很多人抱怨说为什么美国的超级英雄可以一个人打很多人，而黄轩在《非凡任务》中的打斗大家就觉得不可信呢？这不是黄轩的表演问题，这是类型与现实的问题。我们没有超级英雄的文化基因，就塑造不出超级英雄。本来我们有一个接近超级英雄的角色，就是孙悟空。但孙悟空只能算半个超级英雄，他在大闹天宫之后，基本变成了一个会飞的SOS信号，就是遇到困难了，他能及时飞走，通知可以解决这个困难的各路领导、各级神仙。超级英雄这个类型最重要的一个规律就是：超级英雄必须自己面对并解决终极困难。孙悟空除了通风报信搬救兵，他始终没有解决任何根本问题。就连象征他被束缚的金箍最后都是别人给他取下的。这不是超级英雄，这是超级憋屈的英雄。

在中国影视变成理财产品的当下，编剧帮组织的这个关于类型创作的讨论生逢其时。从广义上来说，电影只有两种：好电影和不电影。从狭义上来说，电影充满了类型，它分门别类地隐喻了我们分门别类的生活。但并不是世界已有的电影类型，我们都可以有。世界上已有的类型，我们可能有，也可能没有；我们有的类型，世界上可能有，也可能没有。类型牢牢根植于现实，有什么样的现实就有什么样的类型。优秀的创作者，能清晰地认识自己所处的文化语境，从现实出发，寻找所对应的类型；然后从类型出发，提炼、概括和升华现实，在故事里找到人生的比喻、未知的可能。电影不该是资本的奴隶，不该是理财产品，不该是空洞的模仿、盲目的跟风。电影当然是财富——物质财富是它的附加值，精神财富才是它的核心值。电影当然也是货币，但它不是理财货币，而是一种宝贵的社交货币。在对同一部电影的观感和谈论中，人们于曲径通幽处寻找知音，发现彼此，共振内心。按照我演讲的惯例，最后给大家念一首诗，诗人羽微微的《蚂蚁》。

如果把那只蚂蚁放大
像只鸟儿一样大小
我们就不会那样掐死它
轻易地，毫无罪恶感地
因为痛苦的表情，能看清了
扭曲的身体，能看清了
乞求的或愤怒的眼睛，能看清了
甚至能听到呼号的声音
但现在不是，蚂蚁太小太小
小得像装不下痛苦
小得像没有装上一个真正的生命

希望中国电影能装上真正的生命。谢谢大家！

（2017 年 4 月 20 日在北京国际电影节上的演讲）

故事向暖，心向远

用故事寻找
人世间永恒的因果

人性的光谱无限，但本质永恒。

故事艺术家无非是勇敢地在前人开拓过的领域艰难前进，描绘出更多的人性的光谱。

从这个意义上来说，我们是人性科学家。

阳光总是向暖，故事总是向远，让我们向勇敢。

阳光向暖　故事向远　我们向勇敢

大家上午好。很高兴来到第七届国际网络电影节，跟大家分享对影视行业的看法。今天是新年的第三天，首先祝大家新年快乐。节日跟其他的日子其实是一样的，但节日赋予了时间以形式感和重量感，它使我们感觉到，又一批日子过去了。元旦是重大的时序更替的日子，我们站在这样的节点上，很难不回顾过去、展望未来。个人如是，国家如是，行业如是。影视行业从根本上来说，是一个讲故事的行业，因此，我一直把影视行业视为故事行业的一个分支。跟影视行业并行的行业还有小说、评书等其他艺术门类，所以影视行业并不是一个独立的行业，厘清这个概念有助于我们认识影视行业。影视行业原来指的是电影和电视，最近几年互联网崛起，现在所谓的影视行业指的应该是电影、电视和网剧。

广播电台出现的时候，很多人认为报纸要消失，报纸没有消失；电视出现的时候，很多人认为广播电台要消失，广播电台没有消失；电影崛起的时候，很多人认为小说该消失了，小说没有消失。互联网出现的时候，还没有人来得及预言报纸要消失，结果报纸纷纷消失，现在电视也危险了——至少在讲故事的层面上，电视台处在危险的境地。可以这么说，最近几年来，故事行业所遭遇的形态变化，超过过去五千年的变化。但请大家注意，我说的是故事行业的形态变化，至于故事行业的根本——怎样讲一个好故事和怎样讲好一个故事——并没有变化一分一毫。这是我今天要跟大家分享的核心观点。

从人类诞生以来，故事就如影随形。但讲故事并不是人类的天赋，而是人类的本能。最早我们围坐在篝火边讲故事，篝火就是故事行业的形态；后来我们在大槐树下讲故事，大槐树就是故事行业的形态；再后来我们用文字来讲故事，书籍就是故事行业的形态；我们还在茶馆里讲故事，茶馆就是故事行业的形态；我们还用电波讲故事，电波就是故事行业的形态。接下来是电影和电视，再接下来是互联网。我们一路顺流而下，或者逆流而上，你会发现，互联网和电视、电影、电波、茶馆、书籍、大槐树、篝火一样，都只不过是故事行业的一个形态而已。它在传播路径、传播形式上发生了天翻地覆的变化，你甚至可以说它是颠覆性的变化，但是必须申明和强调的是：故事的根本，并没有发生任何变化。而且我还要在这儿预言：故事，在我们这个宇宙之内，甚至这个宇宙之外的宇宙，永远也不会发生任何变化。一个讲故事的人，不坚信这一点，就讲不好故事。

最近几年，我们影视行业使尽了奇技淫巧，试图破译故事的奥秘。最早的时候，很多影视公司和电视台请观众测评剧本，那时候他们主要请的是中老年妇女，因为那时候他们认为中老年妇女是收视主力，得中老年妇女者得天下；后来有公司祭出了大数据的武器，用大数据分析受众，他们发现，扇耳光的时候收视率刺溜一下上去了，于是耳光要响亮；他们又发现，摔盘子摔碗的时候，收视率很高，于是电视荧屏里又一阵稀里哗啦；他们还发现一个抬高收视率的点，就是当子女扑通跪在长辈跟前痛哭流涕的时候，收视率就上去了，而如果反过来，长辈扑通跪在子女跟前的时候，收视率那就更不用说了，上天了，于是下跪就成了剧情标配。有一个导演，自认为掌握了这一秘诀，所以在他的电视剧里，前十分钟先扇几个耳光，第二个十分钟摔一堆盘子摔一堆碗，这一集结束的时候，子女扑通跪到长辈跟前，齐活了。第二集和第三集，长辈开始给子女下跪同时继续摔盘子摔碗，互扇耳光。有一次我在一个论坛上，听这个导演恬不知耻地讲他的电视剧收视率超高的秘诀，很想上去抽他一耳光。吹什么牛呢，真以为是耳光扇出来摔盘子摔碗摔出来的啊，都是买的。现在的大数据更是上天了，前段时间，一个互联网影业的人发言说："通过大数据挖掘，我们发现不同受众的相关卖品偏好，比如《芳华》的观众比《战狼 2》消费了更多的热饮。这些都是我们不知道，也无法预测的。"这家伙连冬暖夏凉都不知道，还得靠大数据挖掘。这哪是挖掘大数据，这是作践大数据呢。

我刚入这个行业的时候，经常被人教导，发行很重要。我参加一些剧本讨论会的时候，发现发行人一般占据着重要的地位。这个行业，我能一眼认出来的几类人，一类是经纪人，大部分经纪人气质都差不多，是那种媚上欺下的气质；一类是法务，法务大部分都有一副生无可恋的表情；还有一类，就是发行人，笑容满面、随叫随到，有时候又冷若冰霜。发行人话语权都比较大，经常的说法是，这个剧不行。为什么不行呢？因为过不了长江。我开始的时候不懂，老问，为什么过不了长江呢？对方答，南北文化差异啊。这我就不懂了，那为什么《权力的游戏》《老友记》《绝命毒师》等剧越过了太平洋呢？难道咱们的长江比太平洋还辽阔？为什么日剧韩剧渡海而来呢？难道咱们的长江比海还深？我们就隔着一条长江，我们跟欧美日韩的影视剧不光隔着海洋天堑，还隔着语言的深渊，为什么他们的影视剧能飞越太平洋印度洋大西洋，我们就被长江给弄成牛郎织女了呢？有次我路过长江大桥，执意到桥上走走看看，我看着长江，心里感慨万千澎湃不已，长江啊长江，你拦住了我多少戏啊。后来有一次我坐火车路过黄河，我站在车窗前，给黄河鞠了一个躬。黄河，我认你是母亲河，还是你好，不拦我的戏。在此特别感谢黄河。

从我入行那天起，听到比较多的一句话就是，这个戏我是给某某台做的，后来变成了，这个戏我是给某某平台做的。最近一两年则是，这个戏我是给 90 后做的，这个戏我是给 95 后做的，这个戏我是给“九千岁”做的。我问什么是“九千岁”，他们说就是 90 后加 00 后。说现在不给“九千岁”做没活路。原来人人都讨好中老年妇女，现在人人都在跪拜所谓的“九千岁”。关键问题是我在微博上做了“九千岁”的调查，他们都来跟我说，我从来不看他们拍的那些烂玩意儿。在电影界的日常话术则是，我这是给“杀马特”青年拍的，我这是给小镇青年拍的，我这是给城乡接合部的“杀马特”青年拍的。我这个电影要下沉到三线城市和四线城市。在影视界，每个人都胸有成竹，每个人都胜券在握。经常有人问我，你这个戏给哪个台写的啊？你这个电影剧本的目标观众群是“杀马特”青年还是小镇青年啊？我一般答我给全人类写的。哪个台都可以播，世界青年都可以看。对方总认为我在胡说八道，为此我得罪了不少人。

这些年来，中国影视界发明了太多的名词和概念了。掌握了这些名词和概念，他们就认为自己真理在握；靠这些概念圈来资本，他们就认为掌握了故事的源头。从某种意义上来说，的确是。这正是我们这个行业目前最大的问题，屁股决定了脑袋，下游左右了上游。就连我们编剧行业的内部，也有人认为故事的根本发生了变化，他们也开始研究数据，研究受众，他们开始像机器人一样写作。在人工智能刚开始出现的时候，很多人兴奋，很多人悲鸣。其中也包括艺术行业。人工智能开始写歌曲，写诗，写新闻，也有人开始让人工智能写剧本。我始终认为，人工智能是人类最大的一次革命，但它依然并且只能在科学领域内发挥最大的作用，对于艺术创作，它不可能超越真正优秀的大脑。机器人永远也写不出“国破山河在，城春草木深。感时花溅泪，恨别鸟惊心”。具体到故事行业来说，人工智能像人一样讲故事并不可怕，可怕的是人像机器人一样写故事。毫不客气地说，我们目前市面上能看到的故事，大部分还不如机器人写的故事。因为机器人的数据至少是海量的，对于叙事套路，它们更在行。我也经常提醒编剧同行，我说曹雪芹没研究过大数据，没研究过受众喜好，更不知道一线城市到四线城市的人口构成，但《红楼梦》不但越过了长江，跨过了黄河，也飞越了太平洋和语言的深渊，抵达了更远的地方。

故事行业的秘密在两千多年前就公开了，那就是一个故事要有发展、开始和结局。从亚里士多德说出这句话以后，故事就不再有什么新的奥秘，只有新的时间、新的地点来讲新的事情，这些新的事情，也包含一个常数——人性。人类的生活日新月异，但人性是永恒的；人性的光谱无限，但本质是永恒的。故事艺术家无非是勇敢地在前人开拓过的领域艰难前进，描绘出更多的人性的光谱。从这个意义上来说，我们是人性科学家。阳光总是向暖，故事总是向远，让我们向勇敢。根据我的惯例，最后给大家朗诵一首诗，冯至的《什么能从我们身上脱落》。

什么能从我们身上脱落
我们都让它化作尘埃
我们安排我们在这时代
像秋日的树木，一棵棵

把树叶和些过迟的花朵
都交给秋风，好舒开树身
伸入严冬；我们安排我们
在自然里，像蜕化的蝉蛾
把残壳都丢在泥里土里
我们把我们安排给那个
未来的死亡，像一段歌曲
歌声从音乐的身上脱落
归终剩下了音乐的身躯
化作一脉的青山默默

（在第七届北京国际网络电影节上的演讲）

用故事寻找人世间永恒的因果

大家下午好。很高兴来到深圳跟大家交流。上台以后我感到非常惭愧，因为在我之前这个场地刚刚结束的演讲是一个股神在讲股市行业，实际上就是教大家怎么挣钱。我们都知道，股市行业和故事行业有两个共同点：一、看上去容易挣钱，实际上很容易赔钱；二、股市搞不好就是事故，故事搞不好也是事故。我来得早了一点，刚才也听了股神的演讲，股神给大家讲述了炒股的三个法宝。但是朋友们要注意，如果炒股真的有法宝，而且一下就三个，他是不会告诉你的，他一个都不会告诉你。我不是股神，也没掌握什么法宝，今天只是来跟大家聊聊我们故事行业的一些点点滴滴。首先咱们从深圳说起。我是第一次到深圳，对深圳的理解还只停留在书面印象和表面印象上。但是这次和我同来的李尚龙多次来过深圳。昨天下午在首都机场等飞机的时候，李尚龙跟我说，我特别特别喜欢深圳。我说为什么。尚龙说，两点，一是这儿的海鲜好；二是这儿的人好。我说海鲜好你不用介绍，我晚上就能体会到了。人好好在哪儿呢？尚龙说，这儿的人爱读书。在尚龙出第一本书的时候，尚龙自费跑遍全国跟读者交流，他说那时候到其他城市，每次也就来个二三十人，但深圳能来一百二三十人。今年尚龙带着他的首部长篇小说《刺》来到深圳，来了好几百人。出版方的葛忠雨一听两眼放光，说，尚龙，你一个人就能来几百人，再加上宋方金，这就得爆棚了。尚龙忧虑地说，我倒是有些担心。葛忠雨说，担心什么？你怕坐不下？咱们场地足够大。尚龙说，我的担心是，如果加上宋方金，人数可能得减一大半。今天来了一看，果然如此。在此向尚龙致歉。尚龙是畅销书作家，我是滞销书作家，这就是区别。这个道理也告诉我，一加一等于二只适用于数学领域。

昨天因为北京有雷电暴雨，飞机迟迟不能起飞，到达深圳的时候是晚上一点多了，海鲜也没能吃上。我们进入深圳市区的时候，天空星光点点，地面灯火闪闪。尚龙说，看，多美啊！当年我在深圳住了一段时间，最大的梦想就是一辈子在深圳生活和工作。我问，那你后来怎么又去了北京？尚龙说，咳，没找着工作呗。听尚龙这么一说，我对深圳立即肃然起敬了。因为熟悉尚龙的人都知道，尚龙是一个励志能励志到令人瞠目的人，他勤奋、努力、聪明、拼搏，愿意为了事业去选择除了不择手段之外的所有手段，但就是这么努力上进的一个人，竟然在深圳连一份工作都找不到，深圳，很深哪！

今天我跟尚龙来跟大家交流的主要是两本书，一本是我的《生活不止诗和远方，还有甲方乙方》，还有一本是以李尚龙和史航为主的合集《世界多么美　就多么残酷》，这是我们“四味毒叔”的丛书。有的朋友可能对“四味毒叔”不了解，我简要介绍一下。这是一档日播的视频节目，大家在微信上搜“四味毒叔”就可以搜到。这档节目开播一年多了，主要是做文化影视领域内的访谈和脱口秀，旨在对文化影视现象做一些梳理和思考。“四味毒叔”丛书就是一年做节目做下来的一个重要收获。我的这一本《生活不止诗和远方，还有甲方乙方》主要收录了我两年来的演讲。最近这几年来，我的敌人一般都指责我，宋方金，你不要老骂我们，请你用作品说话。我当然不会听敌人的，所以我坚持用人品说话。人品是最能品出人来的，尤其能品出你的敌人。但让我困惑的是，除了我的敌人，我的朋友大多也这么劝告我，说，方金，你不要老骂人，还是要用作品说话。为此，我跟几个朋友也成了敌人。为什么呢？因为他们坚持说，因为你是一个编剧，所以你要用剧本说话，否则就是不务正业。让我啼笑皆非的是，在这个理直气壮的“因为……所以……”里边，逻辑链条非常脆弱，经不起推敲。谁规定了一个编剧就只能用剧本说话？那要这么说，农民就只能埋头种庄稼，画家就只能埋头作画，歌唱家就只能开口唱歌，小说家就只能写小说。同样让我不解的是，明星在演戏之余打高尔夫、打篮球、走红毯，没人指责他不务正业，我们编剧除了写剧本，业余时间用来做做演讲，做些对行业有益的事情，却被人说成不务正业，这是一个什么道理？这几年，我在尚龙身边学会了一件非常重要的事情，就是励志。只要你把事情归结到励志上，别人就哑口无言了。所以我早就宣布了：我不是一个编剧，我是一个演说家，一名脱口秀演员，业余时间写写剧本拍拍戏。这样听上去，就很励志了。我们行业内有一个这样的典范，就是刘仪伟，他在电视上教人做饭，在电视上帮人找工作，然后还写剧本拍电影，拍了好几部了，作品比我还多。但社会上都说他多才多艺，都说我不务正业。好在我人品还撑得住。否则人设就崩了，人设一崩万事空。巧的是，李尚龙的下一本小说刚刚写完，就叫《人设》。

说这么多不务正业的事儿，是因为《生活不止诗和远方，还有甲方乙方》这本书就是不务正业的结果。我进入影视行业有十来年了。影视行业跟其他的行业相比，有两个重要特点：第一，它是输出价值观的行业。因为它要输出价值观，所以一定要避免价格观。很遗憾，我们目前的影视行业，价格观大于价值观，票房堵住了心房，收视率扰乱了心率。这个时候，必须有人出来说话。而且，必须有行业内的人出来说话，因为他熟悉行业规律。这个人是谁？导演？不可能。导演群体跟利益绑得太紧。制片人？更不可能，因为制片人就是用利益绑住导演的人。明星？演员？大部分明星和演员事不关己，高高挂起，事若关己，更要高高挂起。最后是编剧而且只能是编剧。为什么？因为编剧是知识分子，是负责价值观输出的人，是故事行业的核心，是文化阵地的第一道防线，也是最后的堡垒。所以，我们编剧选择站出来，向不遵守行业秩序、创作规律的文化败类开炮。文化阵地，是一个民族最重要的阵地。审美安全，是一个国家最重要的安全。前段时间，我们提出了两个议题：一个是剧作中心制，一个是新现实主义冲击波。这是我们给影视行业开出的良方。最近上映的电影《我不是药神》完美诠释和证明了我们开出的这个药方。第二，这个行业变化非常快。影视是当前最现代的世界性媒体，从技术到审美形态，几乎是日新月异。以前的“十年磨一剑，今日把示君”在今天已经不好使了，等你的剑磨出来的时候，对方手里拿的是枪，你再去找枪，他已经换成原子弹了。所以在这个行业，要把握住变与不变。不变的是什么呢？是讲故事的规律。变的是什么呢？是技术，是审美，是讲故事的手段。把握不住永恒的不变和疾速的快变，就没有办法在这个行业生存下去。

有一位编剧前辈，他写过的影视剧在座的大家都看过。他就认为，一个编剧要用作品说话，一个编剧，要甘于幕后，不要总到台前说话。他长年累月在家里写作，不闻窗外事，也不跟我们交流。有一年，一个制片人到他家里请他写剧本。他说可以。制片人问他，您稿费希望是多少呢？他说八万一集，可以吗？那个制片人心脏不太好，一下心律不齐，几乎就要心梗，他吃下一片药，立即打电话让公司财务法务赶到这位编剧家里，当天就把合同签了，把定金付了。大家知道为什么吗？因为以这个编剧的身价，当时他在市场上应该已经值二十万一集了。但是这个编剧一不出门，二不跟同行交流，完全不知道影视行业已经发展到什么阶段了。当制片人走了以后，这位编剧前辈开始犯嘀咕，因为这个合同签得也太快了，定金付得也太痛快了。大家一定要记住：一件事情，快就容易出问题，如果再痛快，就一定出问题。这位前辈赶紧打电话向一位好朋友咨询，咨询的结果就是，你至少应该是二十万一集。这位编剧前辈顿时眼前一黑，心梗犯了。

这位前辈我非常尊敬。但是他这种不关心行业发展的态度我是不赞成的。你截下一棵树的枝条插入土里，这根枝条就会长成一棵树，它拥有树的全部信息，整体由局部构成，局部里也包含着整体。这就是宇宙全息论。作为行业的一分子，行业对你负有责任，你对行业同样负有责任。就跟河里的一条鱼一样，当一条鱼死了，是这条鱼的体质不好，但当大部分鱼都感到呼吸困难的时候，有些鱼就要领头把肚皮翻出水面，告诉大家这条河的水可能出现了问题，要治理疏通一下了。小到片酬稿费，大到制作生产，每一个环节，都是创作者的命脉。一个人没有好作品，是个人悲剧；一个时代没有好作品，就是时代悲剧。这就是我，还有我的一些同行，像汪海林、余飞，我们不断出来呼吁的原因和目的。

我所呼吁的主要声音，都在这本书里了。出版社的同志让我跟尚龙来这儿跟大家沟通的时候，我一直想，跟大家交流什么。因为有些人对影视行业的兴趣，只限于这个行业的表面。但我们在行业内部工作，知道和熟悉这个行业的零部件，知道它的榫卯和机关。如果用一句话来总结这个行业，那就是我们是用不断的“然而……但是……”这样的转折来讲述人间永恒的“因为……所以……”这样的因果关系。“然而……但是……”

是技术，是手段；“因为……所以……”是结果，是主题。要驾驭这两者，并不容易。顾此失彼，即为下品。最困难的一点，如果没有穿透性的智慧，就看不到真正的因果关系。

举个例子。在我少年时代的一天，某个春末的夜里，我们一家人坐在场院里闲聊，突然，我们看到从遥远的天际，一颗星星向我们飞来，这颗星星越来越亮越来越大，它的光芒大到几乎照亮了半边天，我们开始是兴奋，然后是惧怕，甚至感到世界毁灭般的恐惧，最后我记得那个星星似乎变成一个火球，坠落到了村子西南的某个方向。我记得大人们沉默了很长时间，因为这颗星星的出现超出了他们的知识结构。最后听富于经验的老人说，世界上可能要出大事。这是个陈词滥调了。后来这颗星星一直闪耀在我的记忆中，直到看了很多不明飞行物的报道，我才知道，少年时代的那一次记忆大概就是一次不明飞行物事件。谜底是在前段时间解开的，当时我刷朋友圈，看见我的好朋友，作家王十月，他是个打工作家，在深圳打过工，他写了一篇文章，讲述了他少年时代遇见的一件事情，就是一个夜晚，他跟家里人看见一颗星星，缓缓变大，发出耀眼光芒。他的爷爷告诉王十月，这是玉皇大帝把南天门打开了。我一下感觉到，怎么跟我那次看见的很像？接着我发现他描述的那一年就是我少年时代的那一年，我们两人看见的是同一颗星星，那一年，是一九八七年。王十月跟我不一样的是，他因为要写科幻小说，一直在查阅相关信息。他查到了那颗星星，那就是一九八七年地球上可观察到的唯一一次肉眼可见的超新星爆发。这个因果关系，就牵扯到知识结构了。如果没有相应的知识结构，就会以为是玉皇大帝把南天门打开了，就会以为这是一种灾难的预兆。

在我的朋友中，还发生过两次不明飞行物事件。一次当事人是导演张艺谋。有一天晚上，我跟张艺谋导演还有他的文学策划周晓枫在他的工作室聊天到凌晨，我跟周晓枫都很累了，但艺谋导演还是神采奕奕。我就问他为什么不累，张艺谋导演就聊起了他见到不明飞行物的事儿。那是在拍《大阅兵》的时候，张艺谋那时候还是摄影师，带着摄影组在一个机场装卸摄影器材，当时是晚上，突然间，他们抬头看见一个脸盆大的月亮挂在天上。艺谋导演说，一看那个东西，就感觉既不是错觉，也不是人类的飞行器，好像有某种智能生物在操控那个飞行器，然后他在看那个飞行器的时候，感觉意识被吸进去了几分钟。后来等他回过神儿来的时候，那个飞行器在天空中无声地喷出巨大的蘑菇云，飞走了。这一个片段在周晓枫的一本书里讲到过，那本书叫《宿命：孤独张艺谋》。另外一次目睹事件当事人是作家刘震云老师。刘震云有一次跟一帮作家到新疆开笔会，也是一个晚上，他们五六个作家出门散步，一抬头，看见天空中也是挂着一个脸盆样的不明飞行物。刘震云讲述的那个不明飞行物形状跟张艺谋讲述的感觉是差不多的。那个不明飞行物在刘震云他们回去的时候，还挂在天上。刘震云说，那似乎同样不是错觉，亦非人类的飞行器。

这两个不明飞行物事件也是一个知识结构的问题。我想，当我们有足够的知识结构的时候，我们就会知道，刘震云和张艺谋目睹的到底是什么样的东西。就像如果没有科学发展，我跟王十月目睹的那颗星星就会被当成是玉皇大帝打开了南天门一样。

所以，讲述因果关系是危险的。因为你所认识到的因果关系很可能是个笑话。科学在不断推翻科学，科学家也在不断推翻科学家，但文学还不是这样，在文学里，如果你的因果关系是速朽的，根本用不着别人来推翻，你自己就先坍塌了。这就是为什么有的时候我们一出影院就不断摇头，因为那个因果关系在你看到的时候就不成立了。这就是为什么我们拿着摇控器，在几十个台中选来选去，最后却无奈地关上了电视，因为那里边呈现出的因果关系陈旧老套，甚至是反动倒退的。

公正地来说，文学家比科学家要幸运一些，因为科学是硬性的，是有指标数据的，说推翻就推翻，说一个时代过去就一个时代过去了。科学家的命运几乎就是一个等待被推翻的命运，只是看时间长短。虽然文学家面对的是一个模糊不定的人性，但这个模糊不定的人性在某种意义上却是一个永恒的波段。你只要在这个波段里描绘出人性的光谱。而且这个光谱一旦被描绘出，它就几乎不能被推翻。因为人类在飞速发展的这几千年里，人性并没有改变或前进或后退一毫米。规则在变，人性几乎是不变的。所以曹雪芹描绘出的林黛玉、贾宝玉，鲁迅描绘出的阿 Q、祥林嫂、孔乙己，莎士比亚描绘出的李尔王、哈姆雷特、麦克白，金庸描绘出的郭靖、黄蓉等，都像真人一样生活在我们的身边，给我们的人生以借鉴，以启迪。

我们都知道，中美贸易战的一个焦点是芯片。芯片是高精尖技术，很难被掌握，所以被秘而不宣。因为芯片是可复制的产品。大家记住，可以被复制的产品的技术，一定是保密的。高端的比如芯片，大众的比如麦当劳。不可复制的产品，它的技术一定是公开的，比如故事。故事行业的秘密在两千多年前就被亚里士多德公开了。之后关于怎样讲故事的书籍、讲座在人类中间一直流布，但是这个技术和秘密始终只被少数人掌握。在今天，故事的匮乏并不只是中国影视行业的问题，它是一个全世界的问题。只是在我们当下的影视行业，这个问题显得更加突出。关于怎样讲好故事，不是今天这个简短的演讲能解决的。我只是在这儿提出来，并想鼓励大家，故事是最高精尖的行业，它远比芯片复杂，故事也是“心片”，心灵的吉光片羽，但是好在讲故事的秘密没有被哪个国家、哪个民族、哪个人垄断，它是公开的，在图书馆，在网络，你都能找到讲故事的秘籍并加以学习，它是一个公开、公平、公正的事业，希望有更多人加入故事行业，讲出打动人心的故事。按照惯例，最后念一首诗，尹丽川写的《无题》。

北京一下雪　就成了北平
来到后海　我们就回到了明清

从北京到北平，从后海到明清，思绪穿梭奔涌，时空往来反复，这就是故事。

谢谢大家！

（2018 年 7 月 21 日在全国图书博览会上的演讲）

背弃了理想谁人都可以，编剧不可以

大家上午好。右玉论剑进入了第二场论坛。这场论坛离开了右玉，来到了杏花村。“清明时节雨纷纷，路上行人欲断魂。借问酒家何处有，牧童遥指杏花村。”我们知道杏花村，首先是因为这首诗。这首诗非常简单，时间，地点，人物，心情。这首诗又非常不简单，因为它直越千年，传到了今天，几乎没有一个中国人不知道它。直到今天，到了清明时节，小雨纷纷或泪雨纷纷之际，这首诗就会准时出现在人们的心头。从气象学意义上讲，我们知道，一千年来，中国的清明时节，没有发生太大的变化，这场清明的雨，从这首诗开始，至少已经下了一千年了。从心理学意义上来说，中国人的心情依然没有什么不同。路上的那些行人，是我们中国人的祖先，他们在祭奠他们的祖先。后之视今，亦犹今之视昔。就在路上那些行人之中，有一个人，可能是春寒，可能是心碎，问路于人，想喝一点酒，一个牧童，把手指向了杏花村。这个牧童没有说话，但是通过他简单的一指，我们知道，这个牧童，很可能是坐在牛背上的，因为他是遥指，带有一定的高度，才能见“遥”。从这首诗开始，清明节超出了气象学和纪念日的意义，变成了中国人的生活现场和心理现实；从这首诗开始，杏花村超出了地理学的意义，变成了文学，经过不断传诵，杏花村和桃花源一样，构成了一个寓言般的存在。很多人问我，什么是新现实主义冲击波，那么我今天来回答，《清明》这首诗就是现实主义，它以现实主义的态度，描绘了清明时节的现实，达到了普遍意义。那么新在哪里呢？我们大家都知道，从“牧童遥指杏花村”以来，杏花村作为一个文学现场，具备了传播学和经济学意义，中国很多地方都出现了杏花村，都言之凿凿地宣称自己是真正的杏花村。为此还出现了几个流派，有“北汾说”、“南池说”、“江苏南京说”和“湖北麻城说”，我支持南京小叶杨，但我不支持南京杏花村，我认为，牧童那一指，指的就是今天我们坐在这里研讨的这个杏花村。当然，这不是因为喝了人家的酒才这么说，而是我认为，这首诗是诗人到了酒家，喝了酒以后写的，如果是非常差的酒，诗人就扫兴不写了，从酒与人尤其是与诗人的关系上，我认为，此诗出自我们所在的杏花村，因为这里有好酒。什么是新现实主义？即在现实的基础上，文学构成了新的现实，这个现实，反过来又回馈和影响了生活，构成了文学与生活的互动。法国有个文学史家，叫郎松，他提出了一个很有意思的概念，叫文学生活史，就是指文学照进现实的生活现场，也是新现实主义的意思。那么，什么叫冲击波呢？从《清明》这首诗来看，它的冲击波已经持续一千多年了，这个波纹和涟漪还将持续下去，从我们可见的未来看，人类能存续多少年，这首诗的冲击波就能持续多少年。文学艺术的冲击波，远远超过我们的想象。平常我走过大街小巷的时候，经常看见妇女抱着还不怎么会说话的孩子，给孩子念“床前明月光，疑是地上霜。举头望明月，低头思故乡”。李白的诗，依然是今天的现实。天上的那一轮月亮，依然是李白的月亮。从天文学和宇航学意义上说，月亮和美国的关系更近一些，因为美国人首先登上了月亮。但是从文学意义上来看，月亮的第一主人毫无疑问是李白。如果我们不能写出比李白的《静夜思》更好的关于月亮的诗，那么，在一千年后，月亮还是李白的。静夜思的冲击波将把这首诗构成永远的现实和新现实。

从李白静夜思的那一天和杜牧问牧童的那一天，我们回到今天，回到地理意义上的杏花村，讨论新现实主义冲击波。这跟在右玉我们讨论的剧作中心制是一脉相承的。前段时间，微博上展开了一个讨论，说在影视作品中，具体到台词，谁的贡献最大。一群人立即展开了白热化的讨论，有说演员的，有说导演的，还有说声带的。这些人不知道，声音是靠介质来传播的，这个介质就是空气，没有空气，声音不能传递。这些人，把编剧当空气，居然感谢声带，他们最应该感谢的是空气。而且他们不知道，实际上编剧就是空气，人类生活中最重要的事物之一。关于台词的讨论，引起了我的警惕。原来有这么多人不知道或无视基本的现实。我们需要对他们加强基础知识教育。演莎士比亚的戏的演员太多了，导莎士比亚的戏的导演太多了，投资莎士比亚的戏的投资人也不少，但是最终只留下了莎士比亚。因为莎士比亚创造了现实和新现实，创造了迄今为止可能是文学史上最大的冲击波。2016年，莎士比亚逝世400周年，英国莎士比亚剧场邀请了9名饰演过哈姆雷特的演员来表演哈姆雷特最经典的那一句台词“to be or not to be”。网上有这个视频，相信大家都看过了，没看的赶紧看一下。现场让人非常地感动。同样一句台词，在不同演员的“遥指”下，有的指向了“杏花村”，有的指向了“桃花源”，还有的指向了对人生最根本的质问。在这个表演现场，我们可以清楚地看到对于我们“右玉论剑”两个议题的有力回答。一、剧作中心制。没有莎士比亚，就没有哈姆雷特；没有哈姆雷特，就没有“to be or not to be”；没有哈姆雷特，没有“to be or not to be”，就没有那九名、九十名、九百名演员和表演的工作。这个逻辑链如果还有人搞不清楚，这个人基本可以“告别自行车”了。二、现实主义和新现实主义。《哈姆雷特》里有鬼魂，有戏中戏，但它始终是现实主义的，这种现实主义的冲击波穿过四百年来到今天依然力道不减，生存还是毁灭，这是个问题。它不断在我们的生活中构成新的现实。三、有时候，看离得很近的事物，很难看清楚，推远一点，就会看得很明白。我们前推四百年，推到莎士比亚身上，就很容易看明白剧作与演出的关系，就很容易看明白，哪一种主义是具有生命力和冲击波的。正所谓今之视昔，亦犹后之视今。还有人说，影视行业和戏剧行业不一样，今天我也一并说一句，是你们觉得不一样，别带上我们。对编剧来说，不管有没有电影、电视剧，我们都是讲故事的人。我们编剧所处的这个行业，从根本而言，叫故事行业。小说、戏剧、影视都是故事行业的分支，是我们的下线。如果再有人说电影与电视剧不一样，我就只能认为这人是个电工。

昨天来到杏花村以后，稍事休整，我们就到宴会厅吃饭。

在宴会厅，遇上了汾酒集团的答谢晚宴。宴席上是河北和山东两拨卖酒的朋友们，书面用语叫经销商，但我觉得还是叫卖酒的好。“店家，三碗酒，两斤牛肉。”这是《水浒》里的生活现场。你要是说，“经销商，三碗酒，一斤鸡脆骨。”就不像那么回事了。我一进到宴会厅，立即觉得，这个场景特别像赖声川导演的《暗恋桃花源》。《暗恋桃花源》构成了一个错位的现实，两个剧组在同一个舞台排练。而我们是两个团队，一个是卖酒的，一个是卖故事的，在同一个宴会厅不期而遇。正所谓，我有酒，你有故事吗？我有故事，你有酒吗？昨天晚上是应有尽有。接待我们的朋友为了区隔开来，一开始用了屏风遮挡，后来觉得遮挡也无甚意义，就撤掉了，这样使得故事和酒直接短兵相接了。但好死不死的是，编剧帮帮主杜红军看到宴会厅的大标语“山东河北的客户们回家了”后，总是在那儿嚷嚷，我是山东的，宋老师也是山东的，孟婕是河北的。杜红军这么一嚷嚷，搞得旁边卖酒的朋友一直警惕地观察我们，他们以为汾酒集团又找了一拨卖酒的来跟他们血拼。在我那一桌身后，有两张桌子，桌子上搁着琵琶和二胡。宴会开始前，有两个姑娘来到琵琶和二胡跟前，拿起来，轻轻调试。这个时候，唐朝诗人白居易的生活现实、文学现场和冲击波立即来到我的面前，“转轴拨弦三两声，未成曲调先有情”。首先上场的是那个琵琶姑娘，她弹的是李玉刚的《新贵妃醉酒》。这是一首非常庸俗的歌曲，庸俗主要体现在歌词上，“爱恨就在一瞬间，举杯对月情似天，爱恨两茫茫，问君何时恋，菊花台倒影明月，谁知吾爱心中寒，醉在君王怀，梦回大唐爱”。逻辑混乱，不知所云。跟大 IP 剧一个德行。但好在这个姑娘只是弹琵琶。说实话，还是打动我了。打动我的不是她的演奏技巧，而是在乱哄哄闹哄哄的卖酒人聚会的现场，你突然听到了音乐，音乐把经销和答谢的主题压低了，它使我们有了一个短暂的艺术现场，一种新现实。使我感到惊艳的是第二个拉二胡的姑娘，她上来以后，前奏一起，是 83 版《射雕英雄传》的曲子《铁血丹心》，二胡一拉，全场掌声突然响起，但大家要知道，这掌声不是送给这个姑娘的，而是送给 83 版《射雕英雄传》给我们带来的曾经的现实，这种现实在卖酒的宴会厅构成了一种新现实，构成了冲击波。我当时非常地感动，甚至眼泪要掉下来，因为在杏花村，我们不但遇到了杜牧，还遇到了金庸，遇到了《射雕英雄传》，生活是如此单调和平凡，只有艺术能把我们带向遥远，带向另外一种现实。这两个姑娘，都长得非常普通，但因为有一件乐器在手，我就觉得她们非常美。这种美，是由艺术的冲击波构成的。接着，是一个卖酒的男的上去唱黄家驹的《海阔天空》，当他一开口，我心情顿时变得非常糟糕，因为我知道他丝毫不知道自己唱的是什么，而且他的声音非常地油腻，是游刃有余的那种油腻，是那种在KTV浸淫了很多年的那种油腻。从业余选手的标准来看，其实他唱得不错，该粤语的粤语，该吼的吼，而且还没破音，但就是这种东西，最败坏人的胃口。那两个姑娘，我不觉得她们弹得多好，但是她们经过了专业的训练，这个卖酒的男子，他唱得有多好，就有多差。这就是专业和业余的区别。到今天为止，在我们影视行业，很多人还是这个卖酒的男子唱歌的水平。什么水平呢？业余水平。大部分网络文学，就是文学的业余水平。由此拍出来的大IP剧连业余水平都不是，是什么水平呢？业外水平。他们不是这个行业的，就是口袋里有点钢镚儿，冲进来扔点钢镚儿拿起话筒就唱，“今天我，寒夜里看雪飘过，怀着冷却了的心窝飘远方，风雨里追赶，雾里分不清影踪”。背弃了理想，谁人都可以，但是我们编剧不可以。我们要把理想坚持到底，哪怕有一天只我们编剧共我们编剧。我们必须让专业的归专业，业余的归业余。

关于现实题材和现实主义，李星文说得很明白了，现实题材不一定能带来现实主义，现实主义也不是只能拍现实题材。我们经常能在历史剧里看到深沉的现实，比如刘和平的《大明王朝1566》；反过来，我们也能在现实剧里看到深沉的历史，比如《人民的名义》，比如《鸡毛飞上天》。同样，我们在很多历史剧里，经常看不到历史，看不到现实；我们在很多现实题材的剧里，看见的是虚无，是悬浮，是不知所云，是支离破碎。现实主义是一种态度，是一种创作手法；新现实主义指的是以现实主义创作态度不断捕捉动态的现实和审视静态的历史，从而得出的世界观和方法论。经常有很多刚入行的编剧问我，究竟怎样写才能接近现实主义和新现实主义，在此，我再重申我个人写作的五条原则：一、不熟悉的不写。这一条不绝对，但当你要写不熟悉的生活的时候，你必须为此付出相应的代价。二、不深情的不写。你对一种生活和事物不抱有深情，一定不要去写。三、不揭示真相的不写。写作就是写真相。情感的真相，人生的真相。四、不相信的不写。我不认为一个人去写他不相信的事物能写得好。五、源于生活低于生活的不写。编剧是心灵捕手，必须写那些能够照亮生活的东西。如果一个人能做到这五条，我相信，他就把握住了现实主义，就将创造新现实，并能够拥有自己的冲击波。严格来说，我自己也还没有完全做到这五条，我也还在追求的路上。但是我相信人生中，总有一个理想的牧童，在细雨蒙蒙中，在静静黄昏中，给我们指出我们每个人心中的杏花村。根据惯例，最后念诗。今天念一首我来到杏花村之后写的七言，但我不希望这首诗被挂到他们博物馆的墙上，我希望自己永远在现实之中，在生活的现场，接受别人的冲击波，也发出自己的冲击波。

游杏花村

一日尽游杏花村，
千年酒香透我心。
牧童诗人俱还在，
就在座中有二君。

谢谢杜牧，谢谢牧童，谢谢李白，谢谢白居易，谢谢赖声川，谢谢金庸，谢谢琵琶姑娘和二胡姑娘，谢谢在座的各位朋友们。最后，谢谢杏花村。

（2018 年 5 月 28 日右玉论剑第二场演讲）

飘来飘去一支笔，年去年来一盏灯
——漫谈故事艺术

编剧是写故事的。故事有很多讲述手段，影视是其中一种。在影视创作中，每一个编剧的剧作，都是九死一生。而且剧本是消失在所有的光影后面的东西，你去电影院看电影，如果这个电影特别好，人人都会说摄影师好、演员好、导演好；如果这个电影特别差，观众就会说是编剧的问题。这就是编剧的悲哀，是“背锅侠”，一切影视作品中的问题，好像都压在编剧身上了。这就像一个人，只有心脏不好的时候，才会感觉到心脏。剧本就是影视行业的心脏。

创作能力和制作能力是两种不同的能力。有的编剧有能力做制片人，有的不能。我本人在剧本上面会多关注一点，但也不排斥做一下监制或制片人的工作。制片人要做的事务性东西很多，要求有很强的协调能力。但以后我们的剧集制作肯定要走欧美日韩的道路，编剧是核心，这意味着编剧要身兼制片人，不再单纯是创作的一个环节。原来中国影视是导演中心制，现在中国的部分电影还是导演中心制，实际上严格来说，是资本中心制。在剧集领域，就成了演员中心制，只有极少的导演除外，如孔笙、郑晓龙、郭靖宇、刘江等，他们原来是居于绝对的核心，但现在也会受到资本和演员等因素影响。过去只要是好故事就一定会问世，现在必须找到制作方想找的演员才有可能。

我们几个编剧所谓“打小鲜肉”不是真的打小鲜肉，是敲山震虎。因为小鲜肉是标，不是本。真正要打的，是本。这几年一直在说假收视率、假点击率的事，有人提出必须立法，但事实上收效甚微，老百姓不怎么关心假收视率。直到这几年，汪海林批评演员替身，触及了一些行业中的人，但我觉得这还是不够，还没有引起大众的关注，怎么引起更广大社会反响，引起全社会的关注呢？那就要“打小鲜肉”。说实话，小鲜肉也是受害者，但他们受关注度最高，这就不再仅仅是一个行业的事，而是社会的事。从小鲜肉引出来的，是对整个行业现状的关注。去年中国广播电视制作产业协会公布的“买卖假收视率”的数额是 40 亿，但这个数字很难准确统计，肯定是触目惊心。当收视率可以买卖的时候，有一些 IP 剧播出之后，本来没有人看，但收视率可以买到有人看，那么广告商就付给电视台钱，电视台就付给制片方钱，制片方就可以继续这种行为，其他的公司一看，他挣钱了，他拍玄幻剧挣钱了，那么就也来拍玄幻剧，在这个过程中，真实的观众的审美被扭曲了，当收视率被操控，意味着国家的文化审美被操控。这些问题，必须要引起关注和警惕。

影视是与大众接轨的，影视如果被操控了，意味着观众没法选择看什么。我们希望看到观众真实的意愿，这需要引导，需要梳理，也需要警醒。当我们从电影票房看到观众真实审美意愿的时候，你就知道怎么做类型电影，怎么做艺术片，伍迪·艾伦说：“我要拍我这一类电影，我就控制我的成本，我能永远拍下去，我能实现我的商业回报和艺术理想之间有效的平衡。”创作者看到观众真实的审美意愿，就知道如何去调整创作和故事规模。有时候资本和理想之间可以实现一种博弈中的平衡，但当数据为假的时候，你都没办法博弈，创作、商业、平台，你打不通这个渠道，它们就是一个闭合式循环，这个循环不需要你进入，不需要好故事，甚至排斥好故事，这种恶性的循环模式是很危险的。

罗伯特·麦基在《故事》里面有一句话："故事是生活的比喻。"那么好的故事就是好的对生活的比喻。故事是伴随着人类诞生的，最早在篝火边上讲，后来到了大槐树下。以前讲故事的都是老爷爷、老奶奶，那时候还没有什么完整的故事，都是这些人经历的事情。后来逐渐出现了专门讲故事的人、说书人。在西方就是游吟诗人。再接下来有了广播、电影、电视……故事是人生的必需品，我们在生活中看不清的东西，在故事里可以看清；那些特别不清晰的情感和人性，你会发现在电影里是清晰的，在故事中是清晰的；你所追寻的东西，在生活中是模糊的，在电影里是准确的。这就是故事的意义。

每个人的肉体最多存在一百年左右，但是文学是一千年乃至一亿年的事。人类是"两翼飞行"，科学让我们往外走，而文学则是往内走，往人的内心走。故事不是凭空而来的，虽然跟生活是平行宇宙的关系，但故事体现了另外一种逻辑，概括了现实生活的各种状况。目前咱们国家讲故事的能力跟我们国家的整体实力是相同的，我们是发展中国家，我们也是讲故事的发展中国家。

罗伯特·麦基又出了一本新书叫《对白》，对白就是台词，对白在剧集里面是最重要的。在电影里，写台词最好的方法是不写，以视觉的方式来呈现，但并不是说台词不重要，而是说台词非常重要，人物必须在该说话的时候说话，不能说废话，也不能说过度的话。什么叫好的台词？台词必须有转折，举一个例子，陈道明演《手机》里的费墨，有一个场景，他的研究生穿了他的衬衫，第二天洗了还给他，研究生问他："老师，我师娘是个细心的人还是个粗心的人？"这里有潜台词，因为她怕师娘察觉。我原来写的是，陈道明说"她是个细心的人"，这句是不好的，而陈道明给我把台词改了："她担心多一点。"话锋一转，不聊细心和粗心的事了，这是漂亮的台词，这种台词极大地提升了人物关系的戏剧性，而且还带有语言的钩子。写台词，最好的一句话，是沈从文说的，沈从文在西南联大教汪曾祺写作的时候，说要"贴着人物写"。汪曾祺写《大淖记事》的时候，十一子快被人打死了，有人说尿碱可以治他，这个姑娘就给十一子喂尿碱，在这个过程中，汪曾祺就写："不知道为什么她自己也喝了一口。"汪曾祺说他写这个的时候留下了泪。这里面有个潜台词，是这个姑娘特别想知道她爱着的这个人，现在承受着什么样的痛苦。这就是贴住人物了。汪曾祺还有一篇小说，里边的人特别聪明，说的话就像名言警句一样，沈从文给他作了批语，说："写对话不能写两个聪明脑壳打架。"我看到的时候，心里"咯噔"一下，因为莎士比亚的戏剧就是聪明脑壳打架，那这里面肯定有什么问题。我继续读汪曾祺的作品，突然有一天，我看到汪曾祺写道："戏剧除外。"小说不能两个聪明脑袋打架，但戏剧可以，戏剧可以用警句来交谈。什么叫戏剧？人物关系发生了变化就叫戏剧。所有的戏剧矛盾都是人物关系发生了变化。所以在艺术世界里面，基本不写正常的人、正常的事。像李樯的《孔雀》，好像写的是日常中静水流深的故事，但事实上每个人物都正处在自己生命的关口上难以渡过。这就是文学、故事，要把人物推到绝境。有一次我跟刘震云聊天，他说作家是个非人的职业，你是孤军深入的，你进入的地方一定不是普通人能进入的。当你再返回日常世界，你再描述你所经历的东西，读者观众才可以进入。但作家进入的黑夜，读者进入不了。当你带着黑夜回来的时候，黑夜才带有光明的价值，否则纯粹的黑夜是没有价值的。作家就是要赋予生活以意义。

写剧本有很多技巧。"拴马桩"是撂地摊的艺人笼住观众的手段，不同的体裁里面，"拴马桩"有不同的叫法，相声里叫包袱，小品里叫梁子，小说里叫悬念，叫法不一样，其实就是"钩子"。后来我把所有的编剧技巧总结成四个字，一个是"钩子"，另一个是"阻力"，不管写任何故事，一定要先找到阻力。比如写爱情，是谁破坏了你的爱情？是战争还是瘟疫，最早当然是门第，但现在你要写门第，就没人看，因为现在的门第不再是主要的阻碍了。的确，故事找到新的模式非常难，但生活每天在发展，当生活发生了变化，你的文学也一定发生着相应的变化，所以世界上的故事是不可能写完的。每天我们都面临着新的审美、新的关系、新的人间的事实，文学必须对此作出比喻。这就是为什么说，好的故事是好的对生活的比喻。

写故事很容易套路。记住，套路不是结构。结构是有艺术性的，举一个例子，《贫民窟的百万富翁》，非常简单的故事，三个人一起长大，弟弟喜欢这个女孩，女孩跟着哥哥加入黑帮，弟弟回来拯救她，最后哥哥死了，弟弟带着女孩远走高飞，就是这样一个千百年来许多人写过的故事，但它的形式发生变化了，用了一个电视节目的形式，用了一个特别宿命的电视节目，节目里每道猜谜的题就是他人生中的一个关口，用通俗的电视栏目的形式，架构了一个宿命的主题，就构筑出了新的意义。成龙最好的一部电影叫《奇迹》，每个情节、细节、转折都是巧合，就构成了奇迹，当所有情节都是巧合，就出现了宿命的意义。为什么有的编剧理论说，如果你要写巧合，一定要在前三分之一，如果后三分之二还出现巧合，就是编剧没招了，没招了才出现巧合。

早在古希腊，亚里士多德在《诗学》中就提出“悲剧是对于一个严肃、完整、有一定长度的行动的模仿”，对剧而言长度和完整性都很重要。而那个时候，中国人在写诗，我们是个抒情的国家，没有叙事传统。我们有“史”的传统，但史书始终不是具有一定长度的完整的模仿人类行动的故事。中国人很喜欢段子，段子简单且随时都可以形成，但段子也不是故事。中国有许多电影都是段子集锦、段子接段子，而叙事的有机联系很弱。为什么当年《甲方乙方》那么火，《私人订制》就失败了？因为大家看得多了，就明白这没有电影感了。所以，咱们从抒情的传统转向叙事技巧就非常困难。况且整个影视的语法是欧洲和美国联合接力造就的，咱们与西方的叙事技术存在显著的差距。你们去看《功夫熊猫》，功夫是中国的，熊猫是中国的，导演是韩国的，三个是东亚的，最后拍出来的还是美国的，这个非常可怕。我们缺乏核心的故事传统，但更加需要的是开放的态度。开放的文化体系对编剧、导演等文化创作者来说特别重要。作家阿城就说，要“素读”，认为作家读其他作家的书，要不带任何偏见，把你的那些防护墙打掉，先纳入自己的体系中来，然后再检查，是你对还是他对。创作也是这样，与世界诚恳地交流，这样写出的东西才好。

目前来说，专业影评人的看与评都不起作用了，加上中国的影评人不是独立的，不像美国的影评人，这辈子和导演、演员打交道都不多，所以美国的影评是观影的独立的风向标。咱们的影评人有的给个红包就来了。虽然影评人收了红包也会说这个片子哪里不好，但有的制片方还会鼓励影评人开骂，越狠越博人眼球，这就变成了一种合谋，骂得越狠，红包越多，就是要曝光度，这也是反向营销的例子。现在行业里流行"一真二假三兄弟"，真水军、假收视率、假票房，这就是毁掉咱们这个行业的毒药。

现在的小说创作是个圈子文化，对读者吸引力不足。文学作品为什么被"挖坟的"占据了市场？因为文学创作很多都是自说自话，作家们形成了一套自我的评价体系，他们的语言一看就是小说家的语言，失去了一滴水进入溪流，进入大江大河的可能。为什么说故事是生活的比喻？鲁迅作品里面的东西是可以比喻生活的，一字一句精确而有吸引力。我有时候在小区里看到妇女抱着孩子念："床前明月光，疑是地上霜……"孩子可能也听不懂，但这就是李白的魅力，伟大的文学创作能穿越历史的长河，来到一个婴儿的身边，这就是文学的力量。最近这十几年来，咱们的文学能够跟大众产生非常深刻联系的很少。以前的文学是江、是河，现在变成了湖水，这个湖水无论多清澈，无论多深刻，终究是死水。所以现在的中国文坛，它的笔名叫"死水微澜"。

编剧天然地需要对这个世界进行发现和表达，要对世界有所发现和具有使命感。我觉得编剧是影视创作序列中最核心的那一环。所以，当环境发生了变化，环境对环节产生压迫性或支配性的作用的时候，我觉得该有人站出来说话。这个人，首先该是编剧。我希望影视行业环境能够对环节、对个体创作者产生好的影响。我曾经说过一句话，一条河流中，一条鱼死了，那是这条鱼八字不好，体质不好。一条河里，大部分或者说绝大部分，甚至所有的鱼都死了，那是河水不好。那这个时候，里面的领头鱼就需要出来说话，至少要把肚皮往河面翻几下，要让人们意识到，这里出问题了。我觉得编剧本身得是个寓言。

文学创作有三个层面。第一个层面是有意思，也即有趣，这就是你首先得勾起观众的兴趣，也就是我在《给青年编剧的信》这本书里写的“钩子”；第二个层面是有意味；最后一个层面是有意义，你的作品最终得达到这一点。这是创作的三个阶段。好的作品，意思、意味和意义是统一的，它不是分解的，不是说，在一部作品里，那个负责意思，另外一个负责意味，这个负责意义。编剧要有表达，这一诉求在跟商业沟通的时候就有困难，商业就是要取得最大公约数，就是说这里面要平衡商业，要寻求观众的最大可能性。资本从来不考虑艺术。

为什么需要与资本博弈呢？兰晓龙说的一句话特别好，资本或资本家，可以追求利益的扩大化，但不要追求利益的最大化。这是目前资本市场可怕的地方。资本追求扩大化，我们是可以理解的，但最大化意味着你要造假，你要竭泽而渔，这就是要突破底线了。

当然，资本也不是绝对的，你需要跟它斗争。而且永远不要觉得会有一个环境特别好，资本会顺着你，永远不会。即便环境好的时候一样不可能，你同样需要与它斗争，这是个终生的斗争。单纯的文学创作不用面临这些，但影视文学一出生就需要面临这个，这是伴随一生的，是编剧行业的宿命，而且永远没有摆脱的时候，除非你放弃了自己的审美表达，只想着挣钱，现在这样的编剧、导演、演员很多，不挣扎，就是闷头挣钱。

“小鲜肉”很可惜。我认为这些年轻演员，本来有可能成为“老戏骨”的，但是经过这几年乱象之后，我觉得他们成为“老戏骨”的可能性不大，他们的人格和专业技能都因为被过度消费了，受到了很多不良影响。现在本是他们发展的黄金年代，可他们被打造成了挣钱工具。中国的影视作品都是一种理财产品，他们就是理财产品中的砝码。演员的“声台形表”每天都要练，“小鲜肉”哪有这个时间。他们成为“老戏骨”的可能性不能说完全没有，但概率很低。

最该被同情的还是观众，他们本来可以吃上面包，但是让他们吃地瓜吃久了，他们只会在地瓜之间选择，他们意识不到本来可以吃更好的面包。这样就是在用未来给今天买单。这种损害是源远流长的，是不可想象的。要重新使创作者回到他们本身的创作中去，这就需要时间。然后让资本明白，至少应该跟创作者达到博弈上的平衡，而不是掠夺，这也需要时间。另外一个就是，现在国产剧的观众已经大量流失了，高端的精英观众主要看美剧、韩剧、日剧，要召回观众群体需要很长的时间。

剧集这门艺术形式正处在最好的阶段，它还必将更好。代表剧集艺术尖端水准的美剧更是将这一艺术形式从赏心悦目推进到了深刻的程度。因为好莱坞电影的低龄化、奇观化，相当一部分讲故事的手艺人从电影转投了剧集的怀抱，使得美剧大放光彩。在相当长的一段时间内，剧集将是故事的主要载体。但在中国，情况正好相反。很多电影故事虚假悬浮，剧集也一片低迷。对故事手艺的鄙视、对市场元素过度的倚重——比如对大数据、IP 与演员的迷恋，使得剧集恶果流传。但这也是一个必经的阶段。对剧集来说，电视台也好，网络也好，都是讲故事的平台。很长一段时间内，它们将是竞争对手，当然也还会相互合作，但它们都不起决定性作用。起决定性作用的是对故事的态度——谁真正尊重故事，谁便拥有未来。

以前只有两种剧集：好剧与坏剧，现在还多了一种——假剧。我看到的大多是假剧，从故事、表演到制作，都是假的。剧集已经出现了非常严重的问题，我常说，剧集很容易入邪道，电影很容易入魔道。华语电影中还有李樯、贾樟柯、李安等定海神针给我们制定好电影的标准。但剧集低端的时候是真低端了，低到尘埃里了。你会发现，凡是兢兢业业写剧拍剧的，作品都很难问世。比如，我很期待兰晓龙的剧，不知道他的下一部剧什么时候能出来。国产剧的现状是：一群平台的各种人员的看片经验、体验决定了剧集的生产关系。这导致剧集总是原地踏步，甚至退步。现在网剧有所突破，希望突破口更大。有句诗写得好：问渠哪得清如许，为有源头活水来。现在是黄河入海口的水回头告诉雪山你要怎么化你要怎么流。目前国产剧这个乱局特别需要破局之人。守是守不住了，已经完全无底线。谁能破局，做出品质剧，谁就能赢得国产剧未来市场。乱世出巨人——看谁是未来的巨眼英雄。

创作就是八个字——格物致知，守正待时。格物致知是指磨炼自己的技艺、修养，把手艺练好。手艺包括两个方面：务虚的方面，即价值观；务实的方面，即技术。守正待时是指相信故事的黄金时代一定会到来。

对影视创作来说，有三种限制，麦基在《故事》一书中论述过两种：背景限制与类型限制。背景限制对作者展示他的知识非常有效，类型限制则是一种类似于唐诗宋词那样的韵律系统，它在固定结构内，产生意象、意思与意义。其实，审查限制也是韵律系统中的一环。不光是我们面临审查，全世界的影视工作者都面临审查。最严厉的大概是伊朗，苛刻的审查制度把伊朗很多导演都逼进了儿童片领域。于是我们看到了《小鞋子》《天堂的颜色》等震撼人心的电影。这就是艺术家跟审查限制发生关系后，产生的反作用力。我很喜欢我们老家的一句俗语：水要走路，山挡不住。艺术就是人类灵魂之水，可以为云，可以为雨，可以为冰，可以为雪，可以止渴，可以灌溉，行到水穷处，坐看云起时，没有什么能够阻挡，它对自由的向往。 写作是非常深刻、严肃的一门手艺，这手艺不像看上去那样简单。自有门道与机关。写作手艺，尤其是叙事，不经十年历练，难入其门得其道。 对编剧来说，不管生活怎样变，信念不能变。编剧要见风沉底、遇水分流，所以我永远是飘来飘去一支笔，年来年去一盏灯。

作品、产品与理财产品

——漫谈创作

从“小鲜肉”“替身”“抠图”等话题引发的全民热议，到行业自省以及管理层面具体政策的出台，比如“电视剧繁荣发展十四条”，比如平台公司联手限制演员高价片酬，最近两年来，影视行业还是发生了很大的变化的。一个是 IP 的扑街。现在小鲜肉加大 IP 这样简单粗暴没有任何审美的影视创作模式已经出现颓势，但出于巨大的惯性，此类作品仍然源源不断，甚至直到今天，很多类似的作品还在被炮制。我们也能够看到或者听到，很多这样的作品被电视台退掉，只能在网络平台上消化。网络平台接受这样水准的“理财产品”也并非觉得自己是救世主，而是因为其本身的平台属性决定的。网络平台是空间属性，理论上可以同时搁很多作品，只是推送位置不同而已，它最大的竞争是空间性。而电视台还是时间性媒体，每天的黄金档只有一个。另外，小鲜肉加大 IP 在网络平台上还能有一定的流量。当然，这流量在一定程度上来说也是假的。还有一个很大的变化是现实主义的回归。这几年，中国影视的内容可以用这么几个词来概括：挖坟盗墓、神仙乱伦、后宫互斗、僵尸还魂。可以说，怪力乱神成了影视内容里边的主流，这是不可想象的。不是说这些作品完全不能制作，而是它们始终只能是一个调剂，或一个类型的补充。一个国家的影视行业要健康发展，主流核心还必须是现实主义创作及现实主义态度。自从《人民的名义》播出后，大家发现，没有大 IP，没有小鲜肉，但它受欢迎的程度却超过了那些大 IP 和小鲜肉。《情满四合院》，由郝蕾和何冰主演，这两人都不是流量演员，内容也不是大 IP，但在收视和口碑方面却获得了双丰收。这些例子都说明，观众在渴望真正的内容。什么是真正的内容呢？就是扎扎实实地讲一个好故事，对社会有所观照，对生活有所比喻，对人生有所启发。这些变化整体上来说是好的。一个是管理层面政策的出台，对很多乱象做了相应的治理。比如，有遏制演员天价片酬的条款，有针对假收视率和假点击率的条款，还有对农村题材和儿童题材剧目的扶持，这些条款细则的执行虽然不一定那么快，那么彻底，但它已经开始在做了。还有就是行业也开始在自省。我注意到，很多的公司和视频平台，都在开始叫卖和分销手里囤积的 IP，他们已经意识到了危险。鱼什么时候会到水面上晾晒肚皮呢？缺氧的时候。在我看来，IP 已死，目前任何的喧嚣和口号都是回光返照。我看好接下来的影视局面。我觉得，已经触底了，该反弹了。

这两年几部纪录片电影的表现值得关注与思考。一部是张扬导演的《冈仁波齐》，一部是由张歆艺资助扶持、郭柯导演的《二十二》。这两部影片都是小成本，内容是内敛的，创作态度是严肃的，跟所谓的商业都毫不沾边，但它们在大院线的表现却令人惊讶，票房都超过了一亿。这么谈并不是票房决定论，而是说在以前，除了喜剧，中小成本的影片尤其是严肃影片基本在院线无法生存。但到现在，这些拥有好品质的电影，可以在市场中活下来了。这是真正的生机。因为影视行业最重要的并不是票房，而是心房。还有两部国外的电影也值得关注。一个是《摔跤吧！爸爸》，靠扎实的类型叙述、丰满的人物塑造赢得了票房和口碑。我们的影视创作人热衷于分析大数据，分析观影人群，分析目标观众群，但这部印度电影实实在在地给了这些人一击。阿米尔·汗这些人不会去想中国的小镇青年在想什么，不会去想中国的90后在想什么，他们只是忠于心灵和类型，去讲自己认为值得讲并且自己真正相信的故事。中国的电影人总是看到一个类型成功了就去追风、复制，总是不认真研究类型对于故事的意义。我一直在各种场合和媒体上呼吁，我们不要细分观众类型，而是要细分作品类型。不要把观众划为长江以北、长江以南，或80后、90后，这样做没有任何意义，富有情感浓度的作品是垂直的，是打通一切人类心灵的。类型是个方便法门，让故事得以有效讲述。泰国电影《天才枪手》就非常能说明问题，这部电影从一个作弊案开始，聚焦于社会与人生问题，但用了娴熟的类型片创作手法，故事一波三折，也在国内市场站稳了脚跟。这些案例都说明，我们的观众是趋光的，是识货的，只是我们还没有提供出高质量的作品。虽然今年出现了很多好的苗头，但坏的苗头还是有，就是创作态度。从创作上来说，中国影视圈最近这些年是坚定的拿来主义。从韩国拿，从日本拿，从欧美拿，等等。直到如今，相当一部分影视公司的创作出发点还是拍“理财产品”。

我们是农业大国，是农耕文明。农村剧的缺失是非常大的遗憾。还有我非常关注儿童剧的创作。因为没有所谓的“市场”，我们的儿童剧几乎是个空白。《家有儿女》之后，几乎见不到儿童剧和儿童电影。希望这个局面有所改观。我一直强调，影视行业的核心是剧本。什么是有生命力的剧本呢？必须具有“生命感”。它是经过思考的，是对现实进行过提炼的，是有温度的。当下很多剧本的创作，是套路化的，是程式化的，是配方式的，只见技巧，不见“生命”。从创作的角度出发，好的创作秩序是这样的：在生活结束的地方，编剧开始；在编剧结束的地方，导演开始；在导演结束的地方，演员开始；在演员结束的地方，观众开始。罗伯特·麦基说过：“故事是生活的比喻。”那么，好故事就是好的对生活的比喻。我们的剧本创作整体上是薄弱的，我们的创作环境，目前来说，还不理想。跟风、模仿、过度借鉴、抄袭，这些乱象使得好剧本少之又少，甚至即便出现了好剧本，很多人也已经认不出来了。

演员的状况也令人担忧。一个是前几年小鲜肉模式的盛行，导致很多优秀演员被排挤出去了，而小鲜肉其实也是受害者，在最该学习和磨炼演技的时候，被当成理财工具消费和使用。他们变成了表情包演员。在大量替身出现的时候，他们又变成了“替脸”演员，就是只用自己的脸来表演，所以也可以叫“表脸”演员。有的时候，一部戏整个都是由替身出演的，这样的情况下，其实这些小鲜肉小鲜花才是替身。一个好的演员，除了不断地提高自己的专业技能，必须得有基本的职业道德，对自己所从事的表演事业有热爱和崇敬。敬业对演员来说只是个底线，但现在竟变成了高度。等以后演员宣传的时候不再出现某某手破了、冒着寒风拍戏等新闻，就说明这个行业的表演风气扭转了。

国内行业的编剧现状依然令人担忧。前几年因为大 IP 剧，涌入了大量的业余编剧，这些编剧没有掌握基本的创作原理，导致很多影视作品在剧作上是零分甚至负分。因为资本需要快速生产，所以很多有良知的编剧，这几年作品很少，使得影视作品整体质量大幅度下降。我们影视行业的产值在升高，而价值在降低。这跟优秀编剧的缺席是有关的。所以，如何使优秀编剧、职业编剧、创作水平在及格线以上的编剧回到行业中来，是当前最迫切的课题。国内创作的市场环境在好转，但还没有回到良好的秩序上来。编、导、演、制、投这五个至关重要的环节还没有完全打通。资本依然是掠夺式投资，竭泽而渔式生产，好作品难有机会，好编剧难以施展。要想把剧本创作环境变好，首先要把假收视率、假点击率等造假环节把控住，一切都是真的了，真作品好作品就出来了。

编剧创作人才培养的机制并没有建成，编剧基本是自生自灭。在专业院校里边，有剧作专业，但是师资资源、教学实践等环节严重缺乏，所以这里边的学生出来，大概还得有一个十年的生长期，因此也满足不了市场需求。要想建立培养机制，需要自上而下重视并投入进来，相关行业协会也应该行动起来，各专业院校应该引进有丰富创作经验的师资力量等。这是个长期工程，不可能一蹴而就。国内优秀编剧并不少，只是环境不好，我们看不见他们的作品和身影。

中国影视行业跟中国社会的现状是一样的，讲“人情”，讲“人脉”，不利于青年影视人才入场。我们的影视机构和影视人才的对接始终是不畅通的。像美国，有编剧工会，有经纪人制度。编剧写出作品，有成熟的通道。在咱们这儿，编剧是自生自灭的状态，还会受到很多欺骗和忽悠。最近这些年，我跟汪海林、余飞等编剧同行也一直在呼吁和致力于改变这个现状。从长远来看，编剧的经纪人制度也必须建立；从短期来看，希望各相关行业协会能够做一点工作，给年轻编剧牵牵线搭搭桥。最近编剧维权事件可以说层出不穷，这说明咱们的创作环境是薄弱的，不完善的。另外，最近几年，大量劣币进入市场，带来了很多业余作者，可以说，最近几年荧屏和银幕上大部分的剧作是不及格的，是水准线以下的。劣币带来的后果，需要很长时间消化。毫不夸张地说，这些业余作者的作品播出以后，很多成熟编剧的优秀之作会被认为“业余”。因为评价体系变了。原来说一个剧很狗血是贬义，现在如果你的剧不狗血，意味着你的剧不及格。黑白颠倒了。我曾经天真地认为这是不可能的，但它活生生地发生了。我们是一个发展中国家，在故事行业上来说，也是一个发展中国家，所以，我们要沉住气，走得稳。

影视行业的希望在于三点：一、中短期来说是下定决心、执行到底的宏观调控。二、长期来说是针对行业痼疾，制定出台相关的法律条款。比如，针对假收视率、假数据以及抄袭等。三、时时刻刻的行业自治和从业者的自律。有此三点，才谈得上有希望。当下，影视行业的痼疾在两个字：造假。假收视率、假点击率，包括演员的假流量。大量的“文替”也是一种造假。这种造假已经形成了闭合式循环。可以说，如果把造假这个根本问题遏止住，天价片酬、抠图、替身等表象问题就会迎刃而解。当下之急，去伪存真。

作为想浑水摸鱼的人来说，不好的环境就是如鱼得水，对有良知的创作者来说，就是如坐针毡。环境就像一张大网，所有人都在网里。所以我刚才谈到，影视业的希望必须是里应外合，就是宏观必须调控和管控，影视业也必须寻求自治和自律，更需要来自法律的支持。这是一个长期的斗争，是持久战。影视行业，始终是一个手艺人的行业，无论这个行业有多么工业化、产业化，编剧终归还是手工化作业。人工智能时代出现以后，很多人担心机器人越来越像人。而我最担心的是，中国的影视工作者，越来越像机器人，开口我有大数据，闭口目标观众群。所以我在此提醒所有编剧，生活中，得扎下根，作品里，得有颗心，写作，是生活，不是生意；我们创作为人民，不为人民币。

网络影视行业的问题在于他们的基因是媒体属性，是平台属性，并不是内容属性。这就导致他们在大干快上的时候追求最大效应和最快速度。内容属性的公司在制作内容的时候会比较理性，他们会追求效益的扩大化，但不会追求最大化。到目前为止，互联网影视公司还没有生产出高质量、高口碑的作品。电视剧中，像这两年的《人民的名义》《北平无战事》《我的前半生》等，都还是传统影视公司制作出品的。电影作品中，这几年的口碑之作，也都还是传统影视公司在支撑。网络影视行业的思维是产品思维，他们还没有建立起责任感、使命感，还在为流量和扩张打得你死我活。说到底，网络影视公司和我们这些创作者最大的区别就体现在所谓的 IP 之争上。网络影视公司试图强化自己的话语权，减弱作者的权力，减少作者的权利。他们非常清楚接下来的影视业是版权经济，谁拥有版权，谁就拥有撒手锏。所谓的IP概念，就是试图矮化从编剧到导演到演员的话语权，形成垄断和倾销。我这几年呼吁的一个重要论断就是必须反垄断、反倾销。互联网影视目前形成了“自己开发、自己出品、自己制作、自己销售、自己播出、自己造假”的这样一个垄断式影视生产模式。这个模式是危险的，是不利于优秀作品出现的。他们形成巨头和寡头以后，甚至可以影响一个国家和民族的审美。他们把控了审美的源头。他们可以指令一些影视公司生产某种作品或某类作品，顺他者昌、逆他者亡，这已经完全违背了百花齐放的文艺方针，也违背了影视作品的市场规律。创作者没有创作自主权，观众也失去了选择的权利，只能被动地接受千篇一律的阶段性产品，或者一个时期的挖坟掘墓，或者一个时期的修仙逆天改命。

我认为，互联网影视制造了一个非常危险的审美环境：单一，乏味，价值观混乱，一切以利益为唯一导向。一个良好的影视行业的秩序中，制播是要分离的，演员经纪是要独立的，不能一锅烩，不能一条龙，得有博弈与制衡。互联网资本和互联网影视公司的出现，把行业搞成了一锅半生不熟的杂拌粥，一桌吃相难看的流水席。互联网缺乏对内容和创作规律的认识，也没有培养行业未来的耐心，最可怕的是，如果他们并不热爱这个行业，只是把这儿当成一个风口、一台提款机、一片蓝海，那这个环境生态就被破坏了。希望互联网影视能担当起自己该担的责任和使命。

男编剧创作之十大秘籍

一、好编剧都必须有女性视角，所以男编剧必须得有一到三个女编剧朋友以打通性别界限。注意，是女的编剧朋友，不是找个女编剧做女朋友。如果女朋友是编剧，或妻子是编剧，你的创作生涯会遇到极大困难，甚至就废了。当然，也有例外，比如卞智弘和吴楠。另外，女的编剧朋友不能超过三个，若超过三个，你就会在女性视角和悖论里打转，就发蒙了。三人行，必有我师。跟三个女编剧同行，你会很快出师。

二、必须得有一个爱好。注意，是一个。如果是俩，基本你人生中写下的剧本要减半。这个爱好最好是能跟人交往的。比如，刘毅潜水，闫刚玩摩托。像史航那样自己在家玩猫不是不可以，但最好能有个跟人一起玩的爱好。

三、要爱吃。对于不爱吃的也要爱尝试，最好是美食活地图。能够为一顿饭穿越一座城市的男编剧，一般来说不会是一个坏编剧。但这也不绝对，因为有好多吃货只会吃。男编剧若能上得厅堂下得厨房为最佳。女人从厨房走向社会，男人要从社会重返厨房。

四、喜欢买单。乙方当久了，很容易不能“甲”天下。买单是激发男性意识的最好机会。并且在餐馆用餐的时候，不欺负服务员，尤其是不欺负女服务员。一个男人品质到底如何，看他用餐时如何对待女服务员就知道了。男性意识要有，男权意识要无。

五、相信直觉。不要相信大数据。不要相信一切来自市场的劝告。如果他们真的掌握了市场的秘诀和观众的喜好，他们绝不会这么好心告诉你。一切跟着市场走的编剧都会看见一个路牌：此路不通。

六、如果不写剧本，也能有其他能力挣到钱。一个只有写剧本能力的男编剧，绝不会是一流编剧。

七、要锻炼自己的口才。不在沉默中爆发，就在沉默中死亡。但遇到女编剧不要一味表现自己，要学会倾听。男人交谈总是围绕政治、军事和足球，看似激昂、渊博，实则乏味无趣。女人一开口，就是是非、八卦、小秘密、家庭、肥瘦等。即便谈政治，她们也喜欢谈政治家的家庭和政治家的女人。这些天然就是故事。

八、有一个写作根据地，在此领域其他编剧跟自己比不了。如果目前还没有，赶紧开辟。把自己变成一个有趣的人。如果不能，就学会欣赏有趣的人并与之交往。如果还不能，改行。

九、认识三十七种以上植物。熟悉流行歌曲，不要喜欢口水歌，但只要口水歌的旋律一起，也能跟着哼哼。也能去听歌剧和交响乐，不要求全懂，但不能睡着。至少有一位自己喜欢的当代诗人，汪国真、余秀华、海子、北岛等都可以，高低不论。当然，最好他还活着，这样能清晰地看见诗意的弧线。

十、最重要的一点，要认为男女不平等。女士优先，女性为上。“永恒之女性，引领我们上升”。没有歌德这种认识的男编剧，只能歌功，很难颂德。

女编剧创作之十大秘籍

一、好编剧都必须有女性视角。所以当你已经注定是一个女编剧的时候，你就已经成功了一半。但要注意，轻易不要跟男编剧成为朋友，更不要让男编剧成为你的男朋友。男编剧来跟你交朋友，要么是套你的生活细节和女性视角，要么对你不怀好意。但如果遇见非常大方——爱买单——的男编剧，可以交往一到两个，以便应不时之需。

二、必须得有两三个爱好，别超过三个。除了染指甲、买衣服、化妆这些爱好，这三个爱好里边最好有一个是开阔一点的，比如喜欢看博物馆，或者喜欢足球。当然，最好不是喜欢中国足球，否则容易伤身或伤神。可以喜欢梅西、C 罗等顶级球星。这样每天都能过得很开心，还获得了一个男性视角。

三、要爱吃，但更要爱美。只要营养均衡了，就不要再多吃了。保持身材的女编剧，比不保持身材的女编剧，更容易度过编剧生涯中的艰难时刻。不要问为什么，生活什么时候讲过理。

四、喜欢买单，但不要轻易买单，除非你混到了女总裁级别。如果在场还有男编剧，决不买单。不是说女性不应该买单，而是要为激发中国男人尤其是男编剧的责任感做出一份努力。最重要的是，在看男人买单的过程中，能看到男人的小和大，这就叫以小见大，也就是传说中的体验生活。如果一个男编剧从来不买单，立即拉黑或远离（其他男人同理，除了自己的亲弟弟）。

五、创作中不要相信直觉，要相信理性。直觉会把女编剧带沟里去。不要相信一切来自市场的劝告。如果他们真的掌握了市场的秘诀和观众的喜好，他们绝不会这么好心告诉你——即便你长得很好看或很性感甚至风骚。一切跟着市场走的编剧都会看见一个路牌：此路不通。

六、女编剧坚决不要在夜里写剧本。要听从上帝的安排，白天工作，夜里休息。记住：剧本不是人生的根本。男编剧首先是编剧，其次才是男人；而女编剧首先得是女人，其次才是女编剧。搞反了容易出事。

七、女编剧尽量少说多听。为了听到一些别人的隐秘故事、内幕细节，适当地也要抖搂一点自己的糗事。但记住：真正的黑材料不要说。因为只要你告诉了一个人，就意味着告诉了所有人。《水浒传》里的英雄好汉都是被谁逼上梁山的？亲人、朋友、自己人。好记性不如烂笔头，别光顾着听，要随时记下有用的素材和细节。女编剧最高的级别，就是修炼成一个女间谍。飞花伤人，撒豆成兵。

八、有自己擅长的一个类型。并且尽量不去突破和挑战自己，尽量不去写其他类型。不要想着广度，想着纯度和深度就行。一个编剧一辈子能写好一个类型就非常了不起了。

九、认识一百零八种以上植物。不要喜欢旅游，但要喜欢旅行（绝不要穷游）。至少有一位自己喜欢的哲学家（即便是装）。喜欢的哲学家最好已不在人世，这样能保证他不会再翻盘，因为哲学家很喜欢以否定自我的方式来获得世界的肯定。不管是女编剧还是女人，一辈子最好都不吃别人的瓜落儿。

十、最重要的一点，除了买单的时候，一定要认为男女平等。要有干翻男编剧以及一切男势力的豪迈精神。世界是男人的，也是女人的，但终究是属于牛人的。

如何制作一部烂片之十大不传之秘

一、找一个跨界导演。一定不要有专业背景，但在其他领域必须是风云人物。

二、无论如何，必须得有小鲜肉。有一个恐怕还不能保证制作成一部烂片，至少要有两个。如果三个以上，恭喜你，大事已成。

三、插曲要频繁。怀旧范儿最好，还得是冷不丁响起。讲逻辑就不带感了，要打破逻辑。

四、编剧要多。必须五个以上。如果找不到这么多编剧接力，那么剧本改的次数必须要多。十次以内不够量级，必须改到一百次以上。

五、不要找传统制片人，要找有金融背景的、有海外工作经历的制片人。换言之，制片人也必须是跨界的。

六、万事开头难。一开始就不要想着做一部作品、一个项目，而是做一档理财产品。

七、不打无准备之仗。从剧本开始，就要有数据支持。要充分借助大数据的威力，对剧本、演员、情节、细节等都要有数据分析，以找到目标观众。

八、找 IP。造 IP。蹭 IP。只要沾上 IP，基本就可以在烂片的广阔天地里奔驰了。

九、翻拍欧美日韩的经典电影。

十、最有效的一招儿，就是把自己变成一个烂人。

故事向暖，心向远

遇见花就绽放
遇见刺就拔出

在出局和出众中，我们不断变换自己的身份，更新自己的心灵，

只为了能够拥有更美好的生活，更洁白的时光。每天当太阳升起，阳光把大街和树木照亮，

我总是想：是的。这一切都是值得的。

我生命中的野人

大家下午好。又到了尚龙新书上市的日子了。尚龙一发书，我们这些人就有聚在一起的机会，讨论一下人生，讨伐一下生活。今天我是第一个上台演讲的，大家都知道，基本上不管任何场合，第一个上场的都是不重要的。比较典型的是拼盘式演唱会第一个上场的，叫垫场。相声演出，第一组上场的，叫暖场，烘托气氛的，最后上场的，叫攒底。规矩更大的是京剧演出，谁演开锣戏，谁是大轴，谁是压轴，绝对含糊不得。像今天我这个位置，就叫唱开锣戏的，也叫早轴。在京剧折子戏演出中，大轴和压轴最重要。梅兰芳、杨小楼的时代，大轴最重要，压轴其次。但是大家要知道，压轴并不是最后一个节目，而是倒数第二个，所以现在很多人把最后一个节目称为压轴戏是不对的。有一次京剧义演，谭鑫培是大轴，杨小楼是压轴，梅兰芳则是倒数第三个演出，那天因为梅兰芳有其他演出，没能在规定时间回来，杨小楼只能提前上场，但观众不干了，纷纷责问梅兰芳为什么不来，如果梅兰芳不来，他们就退票。大家要知道，杨小楼当时也是一代名角儿，但观众就是不干。最后梅兰芳赶来上场，大家立即就是一个碰头好。碰头好就是演员上场，还没张口，下边就叫好。一会儿尚龙上场，大家要给他一个碰头好。今天把我安排在这个垫场、暖场、开锣的位置是因为什么呢？有两个原因：第一，我一会儿讲完，马上要去济南参加一个活动；第二，我确实不重要。参加尚龙的活动好多次了，每次都是被安排第一个上场，我终于明白了我在尚龙心里的位置。我说这些开场的原因和规矩是因为，在更大的生命体系中，我们没有选择上场的时机，生在秦时风、唐时月，还是宋时清明上河图，那都不是我们能控制的，但唯有在生活中，我们可以选择和改变上场的时机。这也是今天我们的主题：努力与野心的关系。

可以这么说，你的努力乘以你的野心，决定你在世界上如何出场。那么，什么叫努力，什么又叫野心？一般来说，一个人自我勉励，说我要努力，这个时候，努力是个褒义词。如果是我问尚龙，我说石雷鹏这个人怎么样啊？尚龙意味深长地说，石雷鹏嘛，他还是挺努力的。这个时候，意味着石雷鹏也就只剩下努力了。所以，努力很重要，努力实现自己的野心很重要，但比努力实现野心更重要的是，努力的方向。否则，你通过努力，不但实现不了野心，反而很可能走到野地。这是今天我想跟大家分享的第一个观点。与此相关的事想举两个例子。一个是我的一个好朋友，他是个非常努力非常聪明的人，有一阵，他喜欢上了滑雪，很快就上了“黑道”；他喜欢养花，就各种花都能养好。这么说吧，在我眼里，他几乎想干什么，就能通过他的努力和聪明才智干成。这个时候，我就动心了。因为大家要知道，现在想找个人才太难了。我就把他招进我们的影视工作团队，我跟团队的人说，这个人是个非常牛的天才，他来了，我们很多难题都将迎刃而解。但是出乎意料的是，来之后，他完全不是我之前认识的那个人了，什么都干不好，不但不牛，工作起来还漏洞百出。我当时百思不得其解，只能先把他辞退再说。辞退以后，他又恢复了他的天才，事儿都能干得很漂亮。我是在很久之后才明白，我的这个朋友，他只愿意努力去干他感兴趣的事情，对于他不感兴趣的，他不会去努力，也干不好。我另外一个朋友，也是十几年的合作伙伴，他兢兢业业、勤勤恳恳、认真努力，工作也干得很好，我们一直合作得比较愉快。有一次，他忽然给了我一个方案，说你看看这个方案。这是一个跟我们的影视工作无关的方案，是他自己遇到了一件非常困难的事情，他要做这么一个方案来解决他人生中的这个最大的难题。我看完之后，震惊不已，因为这个方案，不但图文并茂、精彩纷呈，而且充斥着智慧与层出不穷的力量。而在此之前，他给我做的我们合作的方案，也很不错，但都是中规中矩，我一直以为，那就是他的全部能力。但没有想到，实际上，他真正的能力远在我看到的之上。我也是想了很久才想明白，我的这位朋友之所以突然闪现出耀眼的才华，可能出于两个原因：一是他可能并不是要偷懒或隐瞒他的能力，而只是在他遇到极大困难的时候，从努力中迸发了潜力；二是很多人只有在面对自身的时候，才愿意去认真地努力。按照我们对世界善良的想象，我更倾向于认为我的这位朋友是第一个原因。但不管怎样，我的这两位朋友都不是正面的例子，如果你的努力只能聚焦在你感兴趣的事情上，不能进入更辽阔的领域，那么你最多成为一个生活家，而不能让自己赢得更多上场的机会和更好的上场位置。同样，如果你的努力，只聚焦于自身，而不能专注于你的工作和事业，那么你最多是独善其身而不能兼济天下。

这就是我对努力的看法。我认为努力要有方向，这个方向要保证在正确的箭头上，否则的话，你越努力，就越错误。比较明显的例子是马云与张朝阳。两人同年生人，同在互联网领域，在马云起步的时候，张朝阳就已经名满天下成为互联网大佬了，然而我们现在看到的是，马云已经不怎么努力了，甚至已经退出了阿里巴巴，但依然被顶在潮头；张朝阳依然还在努力，还在拼命地努力，但已经远离了风口浪尖。努力的方向，比努力本身重要得太多了。

接下来，关于野心，我想讲一个我自己的故事。我中学毕业以后，因为喜欢写作，发表了一些作品，就到了我们当地一家很小的报社当临时工。那个时候，我觉得，一切写作都是神圣的。但到了报社以后，我才发现，我们那家报纸，除了讣告，没什么真实的东西。我就天天混日子，并产生了一个很难实现的理想，也可以说是野心，就是能够到当地的文艺研究室当专业作家。不用上班，每月还能有工资。但这个野心，基本是实现不了的。因为我那时候是临时工，没有编制，进不了体制内。那时候我有一个朋友，是个忘年交，六十多岁，我们现在叫他周先生。周先生是个民间大鼓书艺人，也研究哲学、数学和文学。他出过一本书，叫《剑侠奇侣》，获得了布鲁塞尔图书博览会金奖。他心怀天下，写了一篇论文叫《富国要略》，发表在北京大学研究生学刊上。他写了几本书，涉及数学定义的问题。在我们教科书上，关于乘法的定义是两数相乘，叫乘法。他认为这不讲理，就重新定义了乘法、除法等数学定义。他专门就罗素悖论写了一本书。还出过几本诗集。他同时也经商，占据了我们当地百分之九十以上的复印打字市场。他平时跟我说的是，他的哲学水平在全世界排名前五位，排在他前边的是尼采、黑格尔、老子等人。有一天，他来找我，说，方金，我看了你写的诗，虽然比我写得差，但拿到世界上去，已经很了不得了，你不能这么混日子了，你得有点野心！我说，我有啊，我想到文艺研究室去当专业作家。他说，这不叫野心，这叫没野心，你应该离开这个县城，到北京，到更大的地方去，这才叫野心。那个时候，周先生非常有钱，每当下了班，他就在报社门口等着我，带我去各种饭馆喝酒吹牛，他点菜特别大方，到了饭馆就要包间，我是个非常好学的人，我从周先生身上很快学到了两样东西：一、花钱大方；二、去饭馆吃饭得有包间。周先生那时候就天天问我，你的野心想好了没有？什么时候走？有一天我就烦了，说，我想好了，我要到北京，我先考中央戏剧学院，毕业以后我就在北京混了。周先生很高兴，第二天他又来了，见到我，递给我一个纸袋子。我说，这是什么？他说，是五千块钱，你考上中戏以后，拿着用。我看着五千块钱，非常感动，非常惭愧，因为我并没有真的想要考中戏，真的要到北京。我看了看那五千块钱，就收下了。收下了钱，就只能考了。于是我到了北京，考中央戏剧学院。考中央戏剧学院一共有三试，第一试是散文，我直接就被淘汰了。回到县城以后，我惭愧难当，不敢再见周先生。好在第二年考上了，我就离开县城到了北京。在离开县城的时候，周先生跟我说，你就要到北京去了，一定要保持自己的野心，在写作这条路上，写出一番事业。今天来是告诉你三句话，第一，缺钱了就给我写信。第二，告诉你灵感公式。第三，告诉你写作的终极秘诀。我一听，第一条最好用。周先生说，你一定听好第二条和第三条。因为第一条你最终会不缺的。今天本来我不想把这个灵感公式和终极秘诀告诉大家，因为这是我的法宝。但因为是尚龙的场子，我得拿点真东西出来，这个灵感公式是：灵感就是形象思维的名实错位。什么意思呢？他举了个例子，“千山鸟飞绝，万径人踪灭。孤舟蓑笠翁，独钓寒江雪。”实际上这个孤舟蓑笠翁钓的是寒江鱼，但一个鱼和雪的名实错位，使得整首诗的意境一下就出来了。然后他又举了一个例子，“可怜无定河边骨，犹是春闺梦里人”。河边骨对梦里人，名实错位，结构错位，千古名诗。接着他又传授给了我写作的终极秘诀，他说，洗脸的时候，你要把毛巾拧干，怎么能拧干呢，反着拧。他说写作的秘诀就是反着拧。就是要把生活、把人生、把事件反着拧，拧出生活的水分，拧出人生的真相，拧出生命的真理。然后我就来到了北京。我从中戏毕业以后，当了编剧。我的野心不再是进哪个单位，不再是卖出一个剧本，不再是挣到多少钱，而是要成为世界上最好的编剧和作家，写出最伟大的故事。周先生的哲学理论，还有很多争议，有人说他是民间科学家，有人说他的理论没有价值，但我在写作中，的确是受了周先生的灵感公式和终极秘诀的指引。我一直在运用他的“毛巾理论”，运用他的“名实错位”。如果没有他点燃我的野心，我不会站在这儿。野心是一个人的北斗，它让你有一个准确的远方。努力是一个个日子，一粒粒汗水，它带我们抵达那个准确的远方。

我的这位忘年交朋友周先生已经于2015年去世了。我很想再跟他纵论一次天下，我很想再跟他揣着一大笔现金到各种饭馆里去，要一个包间，打开一瓶好酒，点上一大堆菜，然后听他说，在全世界，我的哲学水平是前五名，排在我前边的是黑格尔、尼采、老子等人。然而终究是不可能了，生活是一个永不停歇的剧场，我们不知道什么时候上场，也不知道什么时候退场。只有保持足够的野心和拼尽全身的努力，才能使我们人生的剧情保持意义的节奏。最后朗诵一首周先生的诗，以纪念我们的友谊和表达我对他的敬意。周先生叫周昉，和唐朝的一个画家同名。他这首诗叫《石榴》。

千种奇葩万种姿，
门前一树最相思。
榴开百子满枝笑，
花谢好于花放时。

谢谢大家！

（2018 年在李尚龙新书发布会上的演讲）

出众与出局

大家下午好。非常荣幸来到尚龙的新书发布会上跟大家交流。今天来到现场我的心情一是惶恐，二是不安。惶恐是因为我是一个编剧，但实际上很多年没有作品在银幕和荧屏上跟大家交流了，换成比较通俗的说法是我在影视界已经出局了，被淘汰了。所以我想我今天多谈一下出局，出众留给其他出众的嘉宾来谈。不安是因为尚龙的这个发布会本来安排在昨天，但因为昨天我跟鹦鹉史航在上海提前安排了一场活动，尚龙就协调把他的这个发布会安排在了今天。所以今天我虽然想谈的是出局，但特别想谈得出众一点，否则对不起尚龙，对不起大家延迟了一天的到来。根据蝴蝶效应来说，这么多出众的人为一个已经出局的人做了一天行程的改变，会搞出大事情的。

今天我想谈的第一个出局的人是刘震云的一个朋友。大家都知道，刘震云是一个出众的作家，但是谁领他走到了写作这条道路上呢？就是这个出局的朋友。他这个朋友姓冯。当然，他不是冯小刚，他叫冯修义。人生是非常奇妙的，按照迷信来说，这叫遇见贵人，按照量子力学来说，叫能量纠缠。刘震云两个非常重要的朋友都姓冯。一个很出众，一个已出局。所以我有一次跟刘震云说以后你再遇见姓冯的要注意，名字是很重要的。过了几天，刘震云给我打电话，说，我注意了一下名字的事儿，所以我想问问你，弟，为什么你写的所有作品中不着调的人都姓刘呢？这个故事告诫我，不管什么事，千万不要引火上身。

冯修义是刘震云的战友，是同一批河南延津的兵。他们坐着火车去新疆当兵，闷罐车走了好多天。刘震云对这些天的印象有两个，一个印象是闷罐车上没有厕所，要把门拉开，在火车的移动中撒尿。他们这一批兵都在发愁这个事儿。另外一个印象就是冯修义坐在角落里写诗。大家要知道，那是二十世纪七十年代，诗歌还是人间的奢侈品。冯修义写的第一句诗叫新家安在长城端，这让刘震云非常震撼，他们在想吃喝拉撒的事儿，但冯修义已经把家和地球上最壮观的长城连在了一起。刘震云期待着冯修义写出第二句，但冯修义迟迟没有写出来。刘震云问他为什么不接着往下写，他说不对不对，这句诗不准确。刘震云问为什么不准确呢？他说，你看，我写新家安在长城端，长城有几端？刘震云也不笨，想了想说，有两端。冯修义说对啊，长城有两端，我说新家安在长城端，我能一个人安在两端吗？刘震云又深入地想了想，说，还真是不能。咱们是往西，那说新家安在长城西端？冯修义说这样就没有语感了，这是散文，不是诗。他说，有了，得这样写，新家安在嘉峪关。就这样，第一句诗才这么定下来。然后冯修义对刘震云说，我看你对文学也有些兴趣和感悟，你就跟着我学写作吧。这是刘震云的第一次文学启蒙。过了一段时间，冯修义在夜里失踪了。他们那个部队在边境，指挥部分析研究后认为他是要叛逃出国。部队整体拉到了边境上，刺刀上枪，子弹压膛，每隔几米就有一个枪口。部队的命令是：发现叛逃，就地击毙。刘震云端着枪，趴在草丛里，他默默祈祷：我的朋友，你千万别从我这儿过啊。埋伏了一天一夜，并没有发现冯修义。然后传来消息，冯修义回河南延津老家了。他觉得当兵对他来说没有太大的意义。他从部队出局了。他回家干什么呢？他回家研究马列主义去了。他买了关于马列主义的各种书籍，他想研究马列主义到底是怎样一回事。人们都说冯修义疯了，都在问他，为什么不去当个木匠，不去种地，不去打铁，干什么不好非要研究马列主义？冯修义当时谈了一个女朋友，这个女朋友也觉得冯修义疯了，就离开了他。后来冯修义就真的疯了。他先是从部队出局，这次从人群中出局了。疯了以后，刘震云从部队回来去看望过他一次，他很高兴，对刘震云说你等着，我去割韭菜，给你包饺子。刘震云在他去割韭菜的时候走了，后来刘震云自己写到这段往事，说我也并不是一个多么勇敢的人。后来刘震云再没有见过他这个少年朋友。再后来，他这个少年朋友去跟他女朋友和他女朋友新找的未婚夫理论，在理论中双方动手了，他将对方的未婚夫打死了。于是他彻底出局了。为了纪念这位少年朋友，刘震云写下了他不朽的名篇《新兵连》。后来，刘震云总是在各种公开或私下的场合说，领他走上文学道路的，就是这位少年朋友。一个出局的人，给中国文坛领来了一位出众的作家。这是我想谈的第一个出局的人。

第二个出局的人是我们村的一个人。我们村这个人是个放猪的。他每天腰里别着一个酒瓶，赶着一群猪在田野里游荡。我上小学的路上总能看见他，他笑眯眯地跟我们打招呼。但是大人不让我们跟他接近，说他是一个花痴。为什么说他是一个花痴呢？因为他想娶中央电视台新闻联播的一位播音员。他觉得新闻联播里有个播音员姑娘不错。其他来给他说亲的他始终都不同意。我们村的人都说他痴了，花痴。痴了也就是疯了的意思。我那时候觉得他非常牛。电视里的人，而且是播新闻联播的人，他都想娶，这简直是一个壮举。别人我不知道，我有位朋友就娶了一位新闻联播的播音员。我的这位朋友非常出众。大家知道他是谁吗？对的，是陈道明。后来这位放猪员喝了一瓶六六六，最毒的一种农药。在二十世纪八十年代，农药还都是真的，这位放猪员就死了，他出局了。如果放在今天，他就很可能会活下来，因为农药都是假的。九十年代以后，我们那儿喝农药自杀的妇女大部分都活了下来。一个放猪员，想娶一个播音员。我觉得这是特别飞的想法，是我遇见的人中最好的故事。后来我开始写剧本以后，我写的第一个剧本就叫《飞》。写了放猪员的故事，也写了我。我虽然写的不是不朽的名篇，但《飞》依然是我最珍爱的故事。这样的精神自传式电影，一个编剧一辈子只能写一次。所以接下来我要谈谈我，我也是一个出局的人。

我从少年时代开始写诗，被人称为不务正业，不务正业这个词好像是为我量身定做的。我上的是一所职业中专，学的是会计。三年下来，我只记住了“有借必有贷，借贷必相等”这句话。它让我知道什么是平衡。会计的技能我只学会了点钱，但很多年来都没有钱让我点。后来等到我赚了一点钱以后，钱都是打卡里了，都不用现金了。所以我经常有个冲动就是到银行取几万块钱，再多了我也没有。我想找一个晴朗的日子，坐在窗前，把我学过的点钱技能好好地复习一遍。我在这三年里，写了大量的诗歌，发表在《少年文艺》《文学少年》等各类报刊上。至今在《少年文艺》的贴吧里，我跟韩寒、饶雪漫等人都是《少年文艺》读者最想念的作家。现在影视行业好多傻子说我炒作，想出名，我想说，我二十年前就少年成名了。曾经登上过的山，随时都可以再登。海到无边天作岸，山登绝顶我为峰。按照尚龙新书的说法，叫出众。

职专毕业以后，我到了我们县城一家报社工作。我本来想就在那儿待一辈子，写写稿子，写写诗，晒晒太阳。我当时是临时工，每个月 260 元钱，但我并不在乎钱，我从记事到今天，从来没有在乎过钱。所以好多人好心劝告我，说你怎么老骂投资方，老骂有钱人，万一人家不给你投资了呢？用尚龙新书的说法，叫出局了。我说即便我出局我也不干，这个行业充斥着行贿、受贿、造假，就这么一个破落户行业，我早就不想待了。淘汰我吧，让我出局吧。

回过头来说报社，我们报社有个规定，给临时工发福利的时候只能发一半。在过年的时候，别人是一袋大米，我是半袋大米；别人十条带鱼，我是五条带鱼。我觉得受到了侮辱，我不在乎钱，但我在乎平等。你可以给我很少的钱，但不能给我一半东西。我现在还要说一句，给我一半东西的人真不是东西。我就不去领，我大姐就劝我，说半袋大米也是大米，必须领。她就拿着半袋大米的领取票去领了大米。我们县城非常小，她领大米那天我在大街上看见她了，我大姐骑着一辆羊角把自行车，后座上绑着那半袋大米。那天我突然心头一酸，我觉得我对不起我大姐，对不起我家里人，更对不起那半袋大米。人家本来是一袋大米，亲密无间，因为我的关系把人家分开了。我觉得我必须离开县城了，我主动出局了，到了北京，到了中央戏剧学院念书。

但我就读的并不是东棉花胡同那个中央戏剧学院，中央戏剧学院 2001 年的时候，在北京最大的菜市场新发地边上建了一所成教学院。像鹦鹉史航是正规的本科毕业生，史航班上有个插班生，不是正规的，叫李樯。李樯是中央戏剧学院河南班的，大专生。他的这个班第一年和第二年在河南上课，最后一年他到东棉花胡同插班到了史航班上。像汪海林也是正规的本科毕业生，他们班上有个自费生，叫兰晓龙。我为什么要强调这些呢？这四个人都是我朋友，也都是我认为的中国最出众顶级的编剧。但他们来路不同，局面不同。英雄遍地，不问出处，只问前途。

我们的大课是跟表导混班一块上。在我们上大课的班上，有一个姑娘后来非常出众，可以说万众瞩目。在网络上，无数人打听这个姑娘的出处，但没有人知道。因为这个姑娘只说自己是中央戏剧学院的，不肯说自己是哪一届哪一个班。我估计是菜市场边上的中央戏剧学院成教班让她觉得不是那么体面。大家知道这个姑娘是谁吗？她就是田朴珺。我之所以把她说出来，是想对她说，无论菜市场，还是东棉花胡同，这本身并不重要，重要的是你是不是一个真正出众的人。希望田小姐以后能够大方地说自己是哪儿毕业的，或者你也可以说我是中央戏剧学院宋方金那一届的。我比菜市场名气更大一些。

但我想说的不是田朴珺，是菜市场有个搞修理的小摊，摆摊的主人叫海哥。姓什么不知道。海哥是东北人，坐轮椅，双腿是截肢的。他告诉我他在小时候截肢以后，就觉得这世界跟自己没关系了。他去学了修收音机、录音机的技术，就离家出走了，在各个城市摆摊修收音机、录音机，从东北一路修到北京。为什么他修收音机、录音机呢？因为他喜欢收听电波里的声音。那些声音又远又近又有磁性。他的摊上一般摆着五六个收音机，同时在播放不同的频道。当他熟悉了这座城市的电波以后，他就收摊去往下一个城市。他要一路向南。我因为去修我的收音机跟他成了朋友。他总问我，他说，你说我什么时候能修到海南？我说然后呢？他说："没有然后，我是世界上的一个拖累。"后来有一天，他的摊子就消失了，我想他应该去了天津。海哥让我想到了另一个失去了双腿的人，他叫史铁生。史铁生在最美好的年龄失去了双腿，世界对他关上了大门。他用笔做腿，走出了另外一个世界。他写出了千古名篇《我与地坛》。每次去地坛，我都觉得那是史铁生的地坛，那是一个不能大声喧哗的神圣所在。史铁生永远在地坛，地坛永远在史铁生心中。命运想让他出局，他做到了出众。直到今天，我再也没有听到海哥的消息。在人潮人海中，在车水马龙中，当偶尔愣神儿的时候，我会想起海哥。十几年过去了，他修到哪儿了？收音机和录音机在这十几年间已经从人们的生活中出局了，他修什么呢？一个自己认为出局的人只掌握一门已经出局的手艺，他还过得好吗？

从中央戏剧学院毕业以后，我开始写剧本。我发现能够走入故事的人物只有两种，一种是出局的人，英雄落幕，末路狂花，逆水行舟——堂吉诃德；另一种是出众的人，美丽心灵，壮志凌云，晴空万里，风范长存。所以，在我看来，出局意味着有了出众的机会，出众意味着你从原来的局面中离席。我们每个人都是平凡的肉体，但是都拥有一个独一无二的灵魂。在出局和出众中，我们不断变换自己的身份，更新自己的心灵，只为了能够拥有更美好的生活，更洁白的阳光。每天当太阳升起，阳光把大街和树木照亮，我总是想：是的。这一切都是值得的。

根据我演讲的惯例，最后跟大家分享一首诗，今天分享的是邹静之老师的一首诗《精神或一些人的争论》：

把一只鸟抛进羽毛
它的肉身飞得可真高

一张纸上的鸟，有相同的姿态
只是那背景不够蓝

它让我在静寂中想到真实的飞
那几乎是一种快捷的消失

这话要再说一遍也可以是这样——
你如果没有在人群中消失就没有飞高

（2017 年 3 月 19 日在李尚龙新书发布会上的演讲）

遇见花就绽放　遇见刺就拔出

大家好。很高兴来到杭州跟朋友们见面。今天是母亲节，在此祝愿天下所有的母亲身体健康，万事如意。同时也提醒那些刷朋友圈祝福母亲的朋友们，别光说不练，不气你妈比啥都重要。真有那心给母亲买点水果打个电话就行。当母亲的心头肉，不要当母亲的心头刺。

回来继续说咱们的事儿，昨天晚上这一高兴啊，就喝大了。而且，这还是在尚龙不在的情况下。尚龙是夜里十二点到酒店的，给我发微信说，哥，咱们再继续去喝一会儿吧。我使劲想了想，喝，还是喝，这是个问题。我打电话给我们超级网剧《刺》的总制片人肖霄。肖霄比较了解我，比了解他太太还了解。昨天晚上他跟我一块喝的。我说，肖霄，你觉得我现在断片儿没有？他说，哥，你要干吗？我说，尚龙要约我出去继续喝酒，我要判断一下我断片儿没有。如果我没断片儿我就继续去喝，如果我断片儿了，我就不喝了，因为喝也是白喝，啥都记不住。肖霄说，哥，你已经断片儿了，明天的这一切你都记不住。我说好。我就给尚龙发了个微信说，弟，我已经断片儿了，不喝了。尚龙又发微信，哥，你真断了吗？我说，真断了，而且这不是我自己的判断，是肖霄告诉我的。尚龙说，那就是真断了，而且断得很厉害，咱们不喝了。第二天一早起来在酒店吃早饭。我一边吃一边想，昨天晚上我断片儿了吗？为什么一个个片段我都记得起来？这时候，肖霄也来吃早饭，走到我的面前，说，哥，你知道吗，昨天晚上我断片儿了。我查看手机记录，咱俩还通了个话，我都说什么了？我一时万念俱灰。一个没断片儿的人，去请教一个断了片儿的人，来判断自己断没断片儿，这就是我们这个时代最大的荒诞。这个时代，有的人断片儿了；有的人没断片儿，假装断片儿了；有的人断片儿了，还在假装断片儿了。是的，你很难叫醒一个装睡的人，但不难砸醒他。然而，如果一个没断片儿的人假装断片儿了，你砸不醒他。一个断片儿的人还假装断片儿了，遇见他你要先保证自己的安全。这也是李尚龙写《刺》这本书的初衷。

《刺》写的是如何拔出生活中的那些刺，《刺》这本书本身也是刺，刺醒那些断片儿和假装断片儿以及假装假装断片儿的人。

尚龙在写《刺》之前，是一个励志作家。相信在座的各位喜欢尚龙也是从看他的励志文章开始的。没想到尚龙不励志了，大家还都在，我非常地感动和感慨。

今天大家都为《刺》而来。《刺》看上去写的是生活中那些被校园霸凌的少数人，但世界上从来没有少数人。每一个人，都是所有人。大家都知道，现在世界上正在发生着怎样一些事情，各国的元首在见面，好莱坞明星在夏威夷或者欧洲某个小岛上度假，《复仇者联盟》在上映，世界杯马上就要开打，花朵正在开放，我们正迎来最热烈的夏天；但同时也发生着另外一些事情，一个中国公民的父母在伊朗旅行时出了车祸，母亲当场死亡，父亲正在抢救，但是他们投保的中国平安保险却无动于衷，一直到这位公民在微博上投诉才行动起来。如果没有微博，你不难想象这位公民的遭遇。这件事情，非常地惊悚，卖保险时候的热情和出险以后的断片儿，这是多么让人愤怒、无助和悲伤的现实。还有，一个山东济南的空姐，打了滴滴顺风车，遭遇不测，滴滴首先选择了悬赏而不是去抚慰处于悲痛中的家属，他们愿意越界去干公安系统的事情，但他们不愿意去担负他们应该担负的责任。他们断片儿了，他们假装

断片儿了，他们假装假装断片儿了。他们遇见危机，首先想的是公关，而且是通过去做公安的事情来公关。那么，公道在哪里？我们并非不能接受死亡，每一天都有很多人在死亡。这两天，一个一百多岁的科学家在自己尚还正常的情况下，选择了安乐死。对于正常的死亡，我们肃然起敬。但是对于死于可以避免的非命的死亡，我们不能接受。滴滴顺风车的社交功能是致这个 21 岁女孩死于非命的一个重要因素。我们更加不能接受那些吃人血馒头的人，相信大家也都注意到了，一些自媒体在欢呼，因为报道这个女孩的死亡，他们的流量到了 10 万乃至 100 万。还有一个自媒体叫二更，他们用世界上最恶心的语言再一次侮辱了这个女孩，侮辱了还活着的我们。我在此不能说出他们写出的那些话。因为那是世界上最龌龊的语言。我在此深切地祝愿这个二更自媒体在二更以前消失。还有一个叫有格的自媒体，他们是这么宣布的：各位编辑，昨晚《21 岁空姐滴滴遇难》一文目前阅读量已经超过 100 万了，数据非常好，今晚八点统一开白，欢迎奔走相告。后边跟着三个愉快的表情。他们的发布人叫格姐，名为有格，实则无格、无德、无耻。还有《郑州晚报》的一个记者，在朋友圈炫耀，说《郑州晚报》发布的关于滴滴司机杀害空姐的稿子，24 小时内阅读量达到了 152 万，说数据说明实力。后边跟着两个大拇指。这都是我们生活中的刺，扎进我们的生活，扎进我们的心，扎进我们的眼睛。亡者已经不能说话了，我们必须替那些死去的人拔出这些扎在他们身上的刺。拔出自己的刺，你是一个智者；拔出别人身上的刺，你是一个勇者；拔出不能说话的人身上的刺，你是菩萨。愿你是一个智者，更愿你智勇双全。如果你是一个菩萨，我愿意追随。

我昨天来到了杭州。大家知道，十年前的昨天发生了汶川大地震。十年过去了。有些人长大了，有些人变老了，还有一些人永远地消失了。十年一个时代，十二年一个轮回。昨天我看见大部分人在感叹大爱无疆，在感慨时光流逝，只有少数人还在苦苦追寻真相，追询教学楼为什么会那么轻易倒塌，把无数的孩子压在下面。我感谢感激感恩这些少数人。正是他们，试图拔出那些扎在孩子身上的刺；正是他们，成了中国的脊梁。有人说，没有真相，就是二次伤害。我说不，不是这样的，没有真相，就是最后的最深的不可挽回的伤害。

我昨天住进宾馆以后，打开微博热搜，没有看见那个被害的空姐的热搜，没有看见被平安保险伤害的那个伊朗公民的热搜，第一名是古巨基演唱会坠台，第二名是 Angelababy 哭了，点开一看是她参加不了一个什么节目中的比赛哭了，然后我看到第六名热搜是邓超放屁。是的，这就是昨天汶川地震十周年纪念日的热搜。一个明星有流泪的权利，一个明星也有放屁的权利，一群网民也有把他们送上热搜的权利。但是一个关注明星流泪和明星放屁的族群是没有希望的。一个在灾难如此巨大的大地震十周年纪念日关注明星流泪和明星放屁的族群是可悲的。因此我们要说不，因为我们是少数人，我们要对断片儿的人群和断片儿的时代负责。死亡不是真正的死亡，遗忘才是，麻木才是。

十年前的昨天，我在西安。地震时我躺在床上，被弹起来，然后左右摇晃。我当时没觉得什么。但是在之后很长一段时间里，每当有震动，我都会惊惶失措，以为地震了。我相信那些被地震真正伤害到的人阴影更深。生活中每次小小的伤害，都会是一个人生命中难以避免的哈雷彗星。它周而复始，或突如其来，留下长长的阴影和噩梦，或直截了当地摧毁。因此，当尚龙告诉我他要写这本《刺》的时候，我非常高兴，我说，写了这本书，你才是一个真正的作家。尚龙写这本书的时候，一般都是在24小时营业的三联书店，当时我住在一个宾馆里写我的电视剧本《新围城》。每当夜里十一点半到十二点的时候，我们两人就在北京的一个马路牙子边会合，那儿有几个小脏摊，我们吃串儿，喝啤酒，看天上的星星，聊当天的写作。有一次，我给尚龙点了一碗麻辣炒粉，尚龙一边吃一边流眼泪，当然，尚龙的眼泪跟 Angelababy 的眼泪不一样，尚龙是被辣的。那天我才知道尚龙是不吃辣的。我说给你换一碗吧，尚龙说，不，我要把它吃完，我要尝尝辣到底是什么味道。你们以为我说这个场景是要说尚龙很励志吗？是的，就是这样。尚龙是一个敢于改变和尝试的人。尚龙在认识我之前，是喝牛栏山、二锅头和江小白的，我告诉他要喝茅台，他喝了之后说，茅台这酒不错啊。我说，是的。喝什么并不重要，改变才重要。吃什么，并不重要，尝试才重要。尚龙从励志文章出发，到写《刺》，是一个重大改变。《刺》不励志，它直面现实，直面我们每一个人都可能遇到的哈雷彗星。它提醒那些断片儿和假装断片儿以及假装假装断片儿的人，轻轻敲醒沉睡的心灵，慢慢张开你的眼睛，看那忙碌的世界是否依然孤独地转个不停。

因为有了《刺》，我们一帮老友也聚集到了一起，长庚影视的肖霄牵头，找来了著名制片人杨烨担当制片人，找来了我的中央戏剧学院同班同学赵丹做策划，找来了我的十年老友苏阳和娄霄鹏做编剧，找来了编剧帮帮主杜红军做宣传总监，我们计划于今年把这本《刺》拍成网剧，让这个故事插上翅膀，飞到更远的地方，扩散到更广大的人群。希望大家在读这本书的同时，等待我们的超级剧集《刺》面世。根据我演讲的惯例，最后给大家朗读一首诗，里尔克的《严重的时刻》。

此刻有谁在世上某处哭，
无缘无故哭，
在哭我。
此刻有谁在世上某处笑，
无缘无故笑，
在笑我。
此刻有谁在世上某处走，
无缘无故走，
走向我。
此刻有谁在世上某处死，
无缘无故死，
望着我。

谢谢杭州的朋友们。愿你们遇见花就绽放，遇见刺就拔出。

（2018 年 5 月 13 日在李尚龙《刺》签售会上的演讲）

生活可以励志，人生必须感慨

大家下午好。很荣幸来参加尚龙的新书发布会。这次的确是新书，因为我上次参加了尚龙的一个旧书《你只是看起来很努力》的发布会。那会儿我就说过，一个作家发新书，开新书发布会，没什么了不起。但尚龙能发旧书，能开旧书发布会，旧书一发又变成了新书，非常了不起。所以，尚龙是畅销书作家，我是滞销书作家。都不容易。

我参加过尚龙两本书的发布会了，前两次都是在传奇小剧场。我问尚龙为什么一直选传奇小剧场，尚龙说我要一直在这里做新书发布，一直到我成为传奇。这次我拿到地址，一看变了，变成了七七剧场。我问尚龙，你不是要一直在传奇小剧场发新书直到成为传奇吗？怎么变了？尚龙有些不高兴，说，哥，瞧不起人不是。我不已经是传奇了吗？到离开传奇小剧场的时候了。我又高兴又激动，我闭关写作几个月，没想到尚龙已经成了传奇。这听起来特别像一个传说。我当时又问，那这次定在七七剧场又是一个什么说法呢？尚龙说，七七是多少？四十九啊。这难不倒我，数学咱学过。尚龙说，孙悟空在炼丹炉里被烧了多少天？四十九天啊。文学咱也不怵。尚龙深情地注视着我说，哥，我在七七小剧场发布，就是想让这本《刺》刺穿真相，刺穿人性，成为这个时代的火眼金睛。我听了之后非常感慨，因为我一直不喜欢《红楼梦》的索隐派，我觉得小说就是小说，哪有那么多可以索隐探究的，现在看来，尚龙就连一本书的发布会都有这么多讲究，那么曹雪芹更不会是善茬儿，埋的彩蛋会更多。

今天尚龙的这本《刺》是一本长篇小说，写的是校园暴力。我离开校园已经很久了，但是一直没有离开校园暴力。因为隔三岔五就会有校园暴力事件，从微博上出现在眼前。每当我看到校园暴力的时候，就激发了我自身的暴力，很想去把实施校园暴力的人暴力一番。但是尚龙不一样，他看到校园暴力的时候，写了一本小说。由此我推断，尚龙不太能打。据我所知，尚龙没有遭遇过校园暴力，但遭遇过家庭暴力，被他的双胞胎姐姐打大的，也算身经百战。尚龙，辛苦了。感谢尚晶给予尚龙的暴力的感觉。否则这本书不会写得这么好。一切苦难，都是财富。

尚龙全力以赴写这本《刺》的时候，我正被关在一家宾馆里写我的电视剧本《新围城》。每次交流的时候，尚龙都会说，今天我把写作任务完成了，写了六千多字，你呢？我每次都淡定地说，我也差不多，写了五千来字。其实我在撒谎，往往我一天一个字也写不出来。大家可能了解，可能不了解，写作者，普遍都有非常严重的拖延症。每个人有每个人的拖法儿。比如我，我是一个非常邋遢的人，不修边幅，不爱洗头，但只要一坐到电脑跟前，就觉得，不洗头怎么行呢，太有损形象了，洗完头，又觉得，哎，这指甲儿也该剪了。洗完头，剪完指甲，再把手机擦一遍，把电脑擦一遍，该吃中午饭了，半天就过去了。我另一个编剧朋友，只要一坐到电脑跟前，就觉得自己不孝顺，怎么这么长时间不给爸妈打个电话呢？树欲静而风不止，子欲养而亲不待啊。你就算再拼命，也不能忘了爹娘啊。所以只要他一写作，就会给爹娘打半天电话，问问爹的身体怎么样，问问娘的身体怎么样，最近饭量怎么样，等等。时间长了，他爹他娘也摸出规律了，只要电话一来，就知道儿子又接着剧本的活儿了。我还有个朋友，大家应该知道他，叫“鹦鹉”史航。史航是拖稿界的重型拖拉机，有次一个制片人朋友说，怎么才能让史航不拖稿，重金诱惑是不行了，那美人计呢？我说算了吧，史航从十七岁开始，写情书都拖稿。但是，尚龙不拖稿，不但不拖稿，他还每天都能按时完成任务。他不但每天按时完成任务，他还超额完成任务。有一天，我、尚龙，还有编剧帮帮主红军一块在编剧朱睿的工作室喝酒，喝到凌晨的时候，我们说起了尚龙写过的一句名言，愿你出走半生，归来仍是少年。这个时候，编剧帮杜帮主说了一句石破天惊的话，他说，一个人出走了半生，归来还是个少年，这不就是个傻子吗？如果我现在回去，我大姑问我，你都有什么成就，我说我还是个少年，这不科学啊，非把我大姑气毁了不可。说完大家继续喝酒，尽欢而散，大家都喝醉了。朱睿的工作室在通州，我们后半夜打车进城，路过一家二十四小时麦当劳的时候，尚龙说，哥，我从这儿就下去了。第二天一早，我醒过来，一看手机，尚龙的微信公众号已经更新了，他在那家二十四小时的麦当劳写到了天亮，把杜帮主对这句话的质疑，从另一个角度，写了一篇分析文章叫《许多真理，都经不起推敲》。发布时间是 2017 年 8 月 31 日。当时我非常震惊，震惊不在于尚龙的勤勉，而在于尚龙的毅力。在喝了一顿大酒以后，在几乎喝到断片儿的程度，尚龙还是选择先把文章写完。

我后来问他为什么要当天晚上写，他说怕忘了。

我跟尚龙是很好的朋友，除了尚龙的粉丝知道，很多人也都知道。他们有时也会问我，李尚龙是一个励志作家啊，你们怎么会成为朋友？因为从表面来看，我是一个反励志的人。但这样说并不准确，我是一个反假励志、伪励志的人。我们看到的大部分励志文章，作者自己并不相信，他只是在玩弄话术。而尚龙，他写下的每一段文字，不但是出于相信才去写，还会基于实践去写。在我看来，尚龙并不是一个励志作家，他是一个励志之人。除去作家本身的素养，他的勤奋、他的毅力、他的身体力行都是超乎想象的。而且，他的勤奋、他的毅力、他的身体力行竟然从来没耽误他跟我喝酒。这是今天我要说的第一个方面。

另外，我想说说《刺》这本书的主题：校园暴力。熟悉我的朋友都知道，我经常会就文化领域、影视领域的事情发言，呼吁一些什么，反对一些什么。有很多人会跟我说，没有什么用。我不这么认为。我跟尚龙，还有其他像谭飞、李星文、汪海林、史航、王雁林等几位老师，我们有一个视频平台，叫“四味毒叔”，没关注的大家可以关注一下。尚龙在大家这儿是龙哥，但其实在我们那儿已经是一位毒叔了。我们几位毒叔有一个共同的观点，叫“表达即抵达”。看到了，说出来，它的意义已经诞生了。因为生活并不全是刺，当然也不可能全是花朵。如果说尚龙之前的励志三部曲是他写作中的花朵，那么《刺》这本书就是他写作中的刺，它构成了尚龙创作的 A 面和 B 面，构成了结构与解构。所以，我认为，尚龙这本书，当他在书写的那一刻，已经有了巨大的社会意义。

在座的都是年轻人，我比大家虚长几岁。在我年轻读书的那会儿，有没有校园暴力呢？也有。我记得我从村里学校考到乡镇中学的时候，我们村里一个小伙伴跟我说，方金，听说镇中学里边的好孩子非常厉害，咱们没人罩着，去了可能会挨揍。给大家科普一下，在我们青岛，社会上的黑道青年，我们一般叫小哥，青岛小哥；在学校里边的黑道学生，叫好孩子。青岛小哥就是黑道大哥，好孩子就是坏孩子，非常地讽刺。我跟我这个小伙伴说，那怎么办？我这个小伙伴说，要想不被好孩子揍，就得把自己变成好孩子。后来我这个小伙伴，变成了我们乡镇中学最厉害的好孩子，打架非常地勇猛；他从学校毕业后，直接升级成了小哥，在一次火并中，他被人用火枪轰掉了两条腿，现在坐在轮椅上，给一家讨债公司工作，他经常被讨债公司连人带轮椅送到欠债人的家里，直到给人把钱要回来。暴力在我这个小伙伴身上变成了魔咒，终生不能摆脱。我从乡镇中学毕业后，考到了一家职业中专学金融专业，其实就是学会计。三年下来，我只记住了十个字：有借必有贷，借贷必相等。这句口诀对我非常重要，它一直在指导我的人生。我上的这所职业学校，有一个非常不好的暴力习俗，就是老生要对新生进行训诫。所谓训诫，就是训话、惩戒。训诫完了之后，要给这些老生买烟抽，要给他们打饭，稍有不从就得挨揍。我们宿舍的几个同学被他们训诫得非常痛苦，对这些老生充满了仇恨，每天都在一起密谋，我以为我这几位同学要报复欺负他们的那些老生，但后来有一天，我听到他们密谋的无非就是再忍忍，因为一年就要过去了，新生就要来了，他们可以训诫别人了，他们要把心头这一口气出在下一届新生身上。大家发现没有，有借必有贷，借贷必相等。暴力一旦产生，它就不会消失，它会以各种有形无形的方式传递，在社会里传递，在人心里传递，它终将伤害你我。

就在今天咱们发布新书的这一时刻，校园暴力事件还在层出不穷。这几天就有两件。一件是武汉理工大学陶崇元跳楼自杀，我们看到了他的导师跟他的对话，逼迫他喊爸，逼迫他给他买饭、找眼镜。这是多么大的暴力！暴力并不是打人才是暴力，利用自己的权力让别人屈服是更大的暴力。这暴力，让一个人从楼上跳了下去。另一件是二十年前的校园暴力，北京大学中文系教授沈阳和他的研究生高岩的一桩陈年暴力。一个花季女孩，因为来自导师的无形的暴力，把自己的生命永远终结在了花季。今天早晨我刚刚看到南京大学发了声明，承认了引进沈阳这个恶劣教授的不妥。亡羊补牢，犹未晚也。这些血淋淋的例子，无不说明了尚龙这本《刺》的战斗意义。有句话说得好，菩萨畏因，凡人惧果。作家就是菩萨，要找出事件的根由。这就是尚龙写这本书的使命感。我一直认为，无论社会怎样浮躁、堕落，有两个行业必须站直了别趴下：一个是文化行业，它必须承接和保有一个民族和国家的精神血脉；一个是教育行业，它必须承载一代又一代人对文化和文明的传承。我们要守护好这两个神圣的领域。而文字和故事，正是我们的武器。

所以，接下来我想说的就是第三个方面：关于这本书的影视作品的延伸。

尚龙本身的影响力，已经可以让这本书很好地传播；但是影视作品，又会让这个故事插上更多的翅膀。非常令人欣慰的是，《刺》这本书的电影版将由著名导演王小列老师来执导。王小列导演是我非常好的朋友和兄长，他作为摄影师的作品大家都是从小看到大的，像早年的《甲方乙方》《顽主》，像去年的《战狼 2》。王小列导演的导演作品大家也看过不少，像《神犬小七》。期待《刺》的电影版。

《刺》的网剧版权则是由长庚影视来制作开发。长庚影视是一家生机勃勃的新兴影视公司，跟《刺》和尚龙的气质相得益彰，希望能制作出一部富有生命力的作品。今天长庚影视的吕总和肖霄也都来到了现场，祝贺你们合作成功。

每次发言，我都会念一首诗。今天破例，不念诗，念一念北大自杀女生高岩的一篇作文的最后一段：

> 其实忽略掉我微不足道的痛苦后，大一的生活也有着不可忘记的美丽，难忘冬季里脱尽树叶的白杨，挺着干净的枝丫映在清澈的蓝空中，在阳光的照耀下发着明朗的光；难忘春天里万物更新的生命力，似乎一夜之间新叶都挂在枝头的惊喜；难忘夏雨绵绵，染深了昌平园的绿意，白色的槐花也成了淡绿，包着雨滴打在脸上的凉意；也难忘秋季中树叶在空中的旋转以及脚踏落叶的沙沙声，但最美丽的是昌平园的夜空，星星似乎离你很近但又极其遥远，每当我静立在路上凝视他们，心中都会产生一种平静与安宁，仿佛寻觅着走上回到了自我的路。

谢谢大家！

（2017 年在李尚龙新书发布会上的演讲）

务虚与务实

大家上午好。很荣幸来到南京，跟大家交流和分享对于影视行业的看法。影视行业有两个部分，一个是务虚，一个是务实。我是一个编剧，属于务虚的那一部分。今天在座的各位大多是属于务实的部分。我们务虚这头从虚构出发，天马行空，无中生有，很容易滋生出浪漫主义、理想主义、完美主义。务实那头，是摸着石头过河，提着鸡蛋走路，知道哪儿可以过，哪儿可以走。务实者看务虚者，很容易看出两个字儿：幼稚。所以今天的发言如果大家觉得很幼稚，请不要见笑，因为我是务虚的部分，自带幼稚属性。当然，幼稚也是人类进步的阶梯之一。

其实这几年我说得比较多，多到很多人都在呼吁，让我用作品说话，不要再用人品说话了。所以今天我也没有什么新鲜的观点跟大家分享，就是想从编剧的角度，谈一谈最近我跟几个朋友的交往。为什么说朋友的事儿呢？因为说说朋友的事儿，朋友最多跟你翻脸；说不认识的人的事儿，对方不会翻脸，很可能直接发律师函给你。

前段时间，我的一个好朋友找我，他是一家大型影视公司的老总，让我给他的一个项目提提意见。我到了他公司后，他给我介绍了一下项目，阵容非常耀眼：韩国超一线女编剧写的剧本，超一线导演来执导，剧组其他主创也都是韩国超一线的造型、摄影，等等。那么写的是一个什么故事呢？一个发生在广州的都市故事。我当时倒吸一口冷气，找一群不折不扣的韩国人，来拍一个不折不扣的中国故事？为什么？凭什么？这件事儿，说实话，当时我觉得很惊悚，到现在也没想明白。我们这几年，也不是没有公司请过韩国导演，但大多是中国编剧写剧本，请韩国导演来导，其他部门基本是中国人。即便是这样，也都失败了。像这样一部国产剧，通盘都是韩国制造，实属罕见。但我的朋友自信满满，他认为韩国的编剧加韩国的导演加韩国的团队，是这个国产剧项目的最大优势。我的这个朋友介绍完这个项目，跟我说，他接下来准备买一百五十部韩国电视剧的版权，都给翻拍成国产剧。如果我的这个朋友能看到我这篇演讲，希望您悬崖勒马。

前几天，我跟另一个朋友约了见面。我非常欣赏这个朋友，因为他一直在制作农村剧。大家都知道，我们现在最缺的一个是农村剧，一个是儿童剧。这是两个广阔的领域，但因为利润微薄，很少有人来耕耘。我的这个朋友做了很多农村戏。几乎是近几年唯一做农村戏的人。那天一见，我问他今年有什么计划，他说马上开一部戏，是翻拍一部日剧。他跟我说，不想拍农村戏了，必须得进城了，我说，你进城也可以，怎么一下进到日本那儿去了？我这个朋友说，这样快嘛，买个日本版权，弄个中国编剧本土化一下，齐活儿了。我当时觉得非常遗憾，因为他拍农村戏已得心应手，这个领域有非常大的空间，但他主动放弃了。

在来南京之前，我接到了一个电话，是咱们行业里一个非常老牌的制作人打来的，如果说出他的名字，很多人会肃然起敬，至少也会说久仰。他跟我说想找我写一部戏，我还挺激动，忙问什么题材，他说自己买了一部日剧的版权，想翻拍过来。这让我非常意外。一个拍出过很多经典作品的老前辈，怎么也走上了蹭 IP 这条贼船呢？

我一个多年的老朋友，买了岩井俊二的经典电影《情书》的版权，至今没能本土化成功。我提醒过他很多次，日本是岛国，四面环海，心理孤悬；我们是广袤的大陆，山外有山，楼外有楼，人外有人。环境的不同，带来了故事形态和故事气质的不同。在影视行业里，有少部分人物关系既强烈又抽象的故事可以转化，大部分不能。尤其是讲气质讲味道的故事，基本不能转化。《情书》里虽然有巧妙的人物关系，但它是一部讲气质和味道的纯爱电影。这个道理，中国早就有了：橘生淮南则为橘，生于淮北则为枳，叶徒相似，其实味不同。所以然者何？水土异也。

在座的朋友，大部分都在一线工作，听到的看到的比我多得多，甚至在座的各位我想应该也有热衷于翻拍韩剧、日剧乃至英剧、美剧、泰国剧的，但我想说的是，我们是中国人，我们现在的生活日新月异，我们有生机勃勃的都市，有飞速发展的新农村，有数以亿计的打工者，有奋斗拼搏的创业者，我们背后还站着浩瀚壮阔的数千年历史，我们为什么不讲述自己的故事？为什么一直要嚼别人嚼过的馍？

一言以蔽之：我们现在的故事缺少原创性，我们的创作者缺少原创精神。在此提醒大家注意：不是所有的原创作品都有原创性。就像现在的很多网络 IP 小说，雷同、单一、乏味，可以说，它们是原创的，但并没有原创性和原创精神。原创性是创作者对于世界和生活的一种发现。原创精神是对于真理和情感的一种孜孜不倦的探索和追寻。在早年，各个影视机构都有文学部，找选题，开策划会，跟编剧沟通，修改剧本，认真拍摄，是一个春种秋收的过程。现在的影视公司，基本没有文学部了，至多有个策划部，策划部也不策划了，就是买买买。现在这拨人叫版权买手，实际上就是买办。买来就办，办完拉倒。完全不考虑社会效益，不考虑行业未来。讲故事是一种能力，这个能力不是说有就有的，它要有传承，有创新，我们如果一直加工外国故事，就会不知不觉丢掉自己的手艺。很多观众指责中国编剧到哪儿去了，甚至行业内也在指责中国编剧的手艺不好。今天我在这儿说一句：我们中国有太多好编剧了，他们不逊于世界上任何一个国家的编剧，只是他们的手艺没有施展的空间。

接下来再讲最近发生的两件事儿。一件事儿是有个网友在微博上开了一个脑洞，臆想了一部电视剧，叫《淑女的品格》。这个臆想出来的电视剧设定了四个女演员：陈数、曾黎、俞飞鸿、袁泉，并给她们设计了各自的角色，梳理了故事线索。后来又有网友制作了海报和预告片的视频。全部加起来，转发和评论已有十几万次。在网络上形成了热议。这个网友的无心之举，我觉得值得我们行业里的人深思。为什么一个行业外的网友业余时间臆想出来的故事赢得了那么多的共鸣和认同？我们不是一直在用大数据测算观众吗，这个网友下边的十几万条转发和评论就是最真实的大数据，能看得到他们的心声和呼唤。另外，也建议在座有兴趣的，可以联系这个网友，买下他的策划，去做这样一部戏。我看了，觉得挺有意思的。而且这四个演员中，有两个已经转发了，表示对这个故事有兴趣。

另一件事儿来自作家潘向黎在两会上的发言。潘向黎的提案挺好，认为作家的稿费征税额三十八年没变了，为作家争取权益。但潘作家还说了一句话，说他们作家那边的人认为，到影视行业来写剧本是“到码头上扛大包”，说影视行业强行制造冲突，该有冲突了，让死个人就得死个人。这其中固然有潘向黎老师对影视行业不熟悉的原因，但给外界造成这种印象我们也确实需要注意。因为在今天，影视剧已经是当下传达价值观最大的载体，它绝不仅仅是一门生意，它更是一种使命，一个文化高地。它不是到码头上扛大包，它是到荒野处植树，在河流上建桥，于暗处点灯，把种子撒进泥土。说着说着，又开始务虚了。其实我就一句话，希望我们创作者能够讲述老百姓自己的故事。今天我就说这么多，接下来听各位老师务实。我认真学习一下。谢谢大家。

（2018 年 3 月 12 日在城市之声论坛上的演讲）

春节回乡万能用语指南

大江流日夜，我是宋方金。四味毒叔的朋友们，新春快乐。今天是大年初一，接下来就是跟老同学、老朋友、七大姑八大姨十二爷们以及热心的左邻右舍等乡亲们见面了。见面先说过年好，说完过年好，回乡的朋友们就要答记者问了。首先是两大著名追问：一、你在外边是干什么的？二、你挣多少钱啊？这两大问特别不好回答。当然，如果别人不敢问你这俩问题，说明你有点权力，或者已经有钱到别人不能问你有多少钱的地步了。祝贺你。但是如果别人不想问你这俩问题，朋友，这说明你人缘儿不太好。但是还有一种情况，就是你是问别人这俩问题的人，朋友，你这也太那什么了，既然都看四味毒叔了，就别问这些类似的问题了，一个优秀的人，要把自己活成一条高速公路，永远不给别人添堵。

好，接下来先说怎么回答这俩问题。不管你是干什么的，你不要直接说你是干什么的。我就吃过这亏。别人问我在北京干什么，我说我是个编剧。接下来请听题：编剧是干什么的？我说编剧是写剧本让演员表演的。那导演是干什么的？我说导演是根据剧本让演员表演或者让其他部门工作。那你认识演员吗？我说有的认识有的不认识。那你能让他给签个名吗？我说在我认识的里边，有的可以有的不可以。那我到了北京我可以跟他们吃顿饭吗？我说不可以。为什么不可以？他们不也是人吗？他们不也得吃饭吗？我说他们的确必须得吃饭，但他们不是必须得跟你吃饭。有什么了不起的！不说他们了，你写一个剧本挣多少钱？第二个难题就这么来了。

我有个朋友小张，在北京干厨师，是个老实孩子，回到老家，人家问他在北京干什么，他说干厨师。对方说太好了，晚上我家来客，你来炒几个菜。于是小张那一年春节回家继续干厨师，从姨家干到姑家，又干到左邻右舍，实在太累了，提前四天结束假期回了北京，他打工的饭馆还没开门，没地儿住，在一个地下旅馆住了几天，我去看他。他说方金哥，我在北京干厨师，累了一年想过年歇几天，怎么回家又干上厨师了呢？

我永远忘不了他在地下室迷茫而愤怒的眼神。

我另外一个朋友，在一个剧团给人伴舞，回到老家过年，人家问他是干什么的，他说跳舞的。哦，那你肯定能劈叉吧？来，把地方让开，劈一个给我们看看。我那朋友劈死对方的心都有。但他妈也说，大过年的，劈一个吧。我那朋友是个孝子，就劈了一个。我的画家朋友老姜，人家一听说他是画家，哦，那你肯定能写对联，我们就不买了，你写一个给我们贴贴。我还有个赛艇运动员朋友。你是干什么的？赛艇的。哦，那你劲儿大吗？我这朋友说大。对方就问有多大？我这朋友说不大。不大你怎么能当赛艇运动员？凡此种种，防不胜防。那么我们应该怎么回答“你是干什么的”这个问题呢？很简单，你就回答我是给人打工的。不管你干什么，在老家人眼里，你就是个打工的。你干什么的？我给人打工。打什么工？打零工。你要这么回答，他还追问，可以直接打人。

第二个问题是你挣多少钱啊。这是个冒犯性话题。但所有人的老家人都爱问。说多说少甚至说精确了，都不合适。那应该怎么回答呢？很简单，四个字：也就够花。记住，不能说够花，你要说够花，老家人会认为你挣得很多；你要说刚刚够花，老家人会认为你在掩饰什么；也就够花，老家人会认为你这人还算实在，过得还行。除了这俩问题，还有一大堆的春节著名难题。比如，您在大城市工作，真有出息啊。这话怎么接？再比如，您都吃什么了，怎么长这么胖了。这话怎么答？还有，哎呀你不认得我了，小时候我还抱过你呢？你都在大城市干了好几年了，该买房子了吧？你们年终奖肯定不少吧？真羡慕啊，等等。这些问题有人总结过各种答案，以应对年关。但我觉得总结得还不够到位，不够万能。我用八个字解决了这个问题，在今年春节放出来，给大家指南。哪八个字呢？您在大城市工作，真有出息啊。瞧您说得！哎呀你不认得我了？小时候我还抱过你呢。可不是嘛。你们年终奖肯定不少吧？真羡慕啊。瞧您说得！你都在大城市干了好几年了，该买房子了吧？可不是嘛。你都把老同学给忘了吧？贵人多忘事啊。瞧您说得！咱们是老朋友了，我觉得不管你混得多有出息，都绝对不会忘了我的。可不是嘛。亲爱的朋友们，只要活学活用“瞧您说得”和“可不是嘛”，就可以万能应对一切春节难题。至于怎么活学活用这八个字，请大家关注我的新剧《新围城》。在这部剧里，我推广使用了这八个字，希望能给大家带来一些启示，去掉一些烦恼。春天来了，春天见。

（2018 年 2 月 16 日在“四味毒叔”上的直播演讲）

最可喜、最可惜与最可恨

——漫谈2018

2017 年火了《人民的名义》《鸡毛飞上天》《我的前半生》等现实题材的电视剧，大家对 2018 年是有期待的，都在想这会不会是现实主义的复兴。但 2018 年到了以后，电视剧集体哑火。别说现象级电视剧了，就是想激起点水花都难。反而是冒出了一两部网剧，被全民热议。这里面有外部原因，比如网络观看的便利和客观上网络视频平台的崛起。但更多的在内部原因上，在电视剧创作观念、生产模式、购销模式上，失去了创新力，没有了竞争力。所以 2018 年的低迷有一定必然性。因为电视剧创作领域，还有个现象叫跟风。就是什么火拍什么。

所以，当《媳妇的美好时代》这样的婆媳剧火了以后，大家一窝蜂拍婆媳剧，一直把婆媳剧拍死，甚至把婆媳剧的母题类型——家庭伦理剧，也给拍死了。到今天家庭伦理剧也没喘上气来。抗战剧《亮剑》火了以后，跟风的抗战剧炮火连天，也把自己给拍空了。更不用说玄幻剧、仙侠剧什么的，火一个，就拍一串，最后是一根绳上的蚂蚱，谁也跑不掉。去年现实题材一火，现实主义号召一出，基本上影视公司就全往现实主义这边招呼了。但问题是，他们根本搞不懂什么是现实题材，什么叫现实主义。他们把现实主义和现实题材混为一谈，以为拍的是现实题材必然就是现实主义，实际上不知道，他们拍的是现实题材，但走的还是悬浮和架空的路子，我称这种剧叫伪现实主义。今年好多这种现实题材剧，就是伪现实主义，观众是不买账的。到目前为止，还有大量的这种跟风的伪现实主义剧正在拍摄或筹拍，接下来还需要消化一段时间。另一个低迷的原因跟今年另一个关键词有关，就是扑街。今年有一种剧纷纷扑街，几乎无一例外，就是大 IP 加小鲜肉或流量演员这个模式的剧。这个模式，曾经被视为法宝，这个法宝在 2018 年失灵了，很多人还被它反噬了。实际上，今年的这个模式跟往年比是加强版，像《武动乾坤》，不仅是大 IP 加小鲜肉，还加了大导演，但毫无用处。像《甜蜜暴击》，顶着鹿晗和关晓彤的定情之作这样的超级噱头，在顶级平台播出，一样无人关心，惨淡收场。观众烦透了，转身走了。观众可以回回上当，但你这个“当”得回回不一样。中国电视剧给观众的同质性作品太多了。他们看来看去，换台换来换去，发现看的都是同一部剧。要么是封印、打怪、升级，要么就是恋爱、吵架、分手、复合，再吵架、再分手、再复合。回回上当，回回都一样。电视剧自己把观众赶走了。第三个低迷原因的关键词是茫然。我在山东的一个电视剧论坛上，遇见了强视传媒的游建鸣，游建鸣说，拍了几十年电视剧，到今年不会拍了，不知道怎么干了。这不光是游建鸣个人的心声，也是很多电视剧人的共同心声。最近几年的电视剧不顾叙事规律和效率，拍得越来越长。不管什么剧，最后都不可避免地或多或少地成了注水剧。电视剧假收视率一直得不到有效治理，通过买卖假收视率，再差的剧都可以摇身一变成为高收视率的剧。当造假可以盈利，谁还去拍货真价实的剧？今年郭靖宇导演捅破了电视剧假收视率的黑幕，已经引起了有关部门的重视，希望这一次能得到有效治理。因为茫然，带来了观望和思索。所以今年电视剧才显得冷清。今年没有什么词能概括电视剧的形势，是煎熬的一年，也是转折的一年。虽然今年不景气，但是我对接下来的国产剧集充满信心。哀兵必胜，绝地反击。中国电视剧曾经有过黄金时代，中国电视剧人是有实力的，只要给他们一个时机，他们就能茁壮起来。

2018 年最可喜的当然是大 IP 加小鲜肉或流量明星模式的扑街。因为他们的扑街，意味着原创的崛起。影视行业，只有重视原创，才能繁荣昌盛。最可惜的是现实主义剧目没能延续 2017 年的势头继续上行，夺回来的阵地不能轻易失去。最可恨的是假收视率的猖獗，不过郭靖宇导演已经发出了狮子吼，假收视率的黑幕被揭开了。去除假收视率，我们才会迎来真电视剧。或者也可以这么说，我们创作者并不排斥数据，我们排斥假数据。如果观众观看文艺作品的数据被篡改，那么意味着审美安全受到了侵略，我们看不到观众真实的观看意愿，创作者偏离了人民，文艺工作者做不到为人民服务，变成了为假数据服务。可以说，每个真正的创作者都痛恨假收视率和假点击率等假数据。

宫斗剧火了以后，就有一群人孜孜不倦地在拍这个类型。宫斗剧满足了人性里某种恶的趣味，迎合了人性里某种爽的需求，是另一种打怪升级的模式化创作，也是一种有毒的心灵鸡汤，或者也可以视之为一种人生或职场的成功学、厚黑术。它没有对真善美的追求，仅仅是看谁更有手段，谁会存活下来。这种源于生活低于生活的影视产品越少越好。

2018 年 IP 剧扑街了，但对 IP 推手和 IP 剧目操作者来说并不会有太大的警醒作用，因为他们是顽固的，是不会轻易放弃他们精心打造的这个 IP 骗局的。但它对真正的创作者会产生很大的影响，至少会有很大的鼓舞。总的来说，IP 时代一去不复返了，连回光返照的机会都不会有了，而流量明星作为 IP 时代的产物，要看自身的努力和转化了。根据我的判断，流量明星大部分会成为流星。

去年《新周刊》把我们“四味毒叔”评为了“年度知道分子”，对我们是一种很大的激励。2018 年我们“四味毒叔”继续在影视文化领域中深耕细作，对行业现象做了很多梳理，跟文化人、影视人做了很多对话，都是试图推动影视文化领域的哪怕小小的一点进步。今年我最难忘的两次对话都是跟“鹦鹉”史航。上半年跟史航的一次对话源于他在《解忧杂货铺》这个影视项目中作为编剧的被骗经历。史航是影视行业中的老炮了，但还是会遇到被骗创意的奇葩经历，这说明我们的创作秩序一定程度上还不完善。对编剧的保护，就是对影视行业的保护。这个对谈，也引起了业内的关注和讨论。另一次对谈是下半年我跟史航谈围读剧本的必要性。这次对谈开始我跟史航就感慨万千，因为围读剧本是影视创作中的题中应有之义，是常识，但是现在却得不断来强调，来呼吁，可见影视创作环节的粗糙和浮躁。好在围读剧本已经引起了大家的重视，围读剧本的剧组越来越多了，风气慢慢形成了。“四味毒叔”做的主要就是这些基础性的文化访谈、对谈和梳理，希望在影视文化领域做出自己的一点贡献。

对影视行业来说，2018 年是小年，是低迷的一年，是观望、等待、思考的一年。明年我想会是影视的大年，不管是电视剧，还是电影，抑或是网剧，接下来我们会迎来丰收。真正的现实主义作品会涌现，电视剧与网剧的对抗与融合会更激烈，会更具张力与挑战，而只有交锋，才有高峰。2018 年有很多影视论坛，大家献计献策，在宏观与微观上，都给行业开出了不少良方。我更同意和支持编剧群体给影视业开出的两张方子：一是剧作中心制，一是现实主义。结合起来就是剧作中心制乘以现实主义等于中国影视行业的未来。很多人对此有两个误解。第一个误解是，误认为我们提出的剧作中心制是编剧中心制。我们所谓的剧作中心，指的是以剧作为中心依据，展开各部门的工作，并不是以编剧为中心。实际上，我一向反对编剧中心制。因为编剧当中心并不具备天然的合理性。并不是编剧写出的剧本，都具备可拍性。编剧行业内部一样问题重重，只是目前的问题太多，还来不及解决这些行业局部问题。我们所认为的剧作中心，是在大家定稿了一个优秀或者说至少是及格的剧本以后，进行的展开创作。所以，我觉得剧作是我们行业的基本法，在剧作的基础上，可以有某种中心制，可以是导演中心，可以是制片人中心，也可以是编剧中心，甚至可以是演员中心。谁有能力，以谁为中心。所以我觉得，像剧本定稿以后，剧本应该具有某种法理上的不可随意修改性，或者说，应该把剧本围读强制性地作为影视创作的机制。这样有助于我们拍出好的作品。第二个误解是，很多影视行业工作者，把现实题材等同于现实主义。现实主义在我看来，是一种风格，是看待世界的态度。不但创作现实题材要有现实主义，就是创作历史题材乃至科幻题材，都要有现实主义。剧作中心是方法论，现实主义是世界观。有这一对翅膀，我想我们就会有好的发展方向，就会拥有下一个影视行业的黄金时代。这是我对未来的信心之所在。

故事向暖，心向远

真实的少数派报告

电影是靠传承的。正是无数的电影人把年代留在了光影里。

如果把1895 年以来的所有电影胶片连到一起，

你会发现它们是同一部电影——波澜壮阔的百年人类心灵史。

有朋自哪儿来？
——《嫌疑人X的献身》测评报告

1. 分数及东拉西扯

该部推理电影及原著的特点是首先亮出凶手。根据该电影结构的特点，测评也首先亮出分数：61 分。

满分 100，得分 61。这是个什么概念和标准呢？为了清晰和对照，在此先列出我心目中的 100 分电影：《阿甘正传》《肖申克的救赎》《小鞋子》《一次别离》《罗生门》《美国往事》《这个杀手不太冷》等。

列出这些电影只是因为这些电影看过的人较多，可以用来当参考。100 分的电影还有很多，经典好莱坞时期和新好莱坞时期就有很多满分电影，如《一夜风流》《双重赔偿》《卡萨布兰卡》《毕业生》等。《一夜风流》在今年北京国际电影节的展映片单上，有心的朋友可以去看看，在大银幕上看《一夜风流》是很风流快活的事儿。意大利新现实主义和法国新浪潮也有不少满分电影，《偷自行车的人》和《四百击》都是满分电影。贾樟柯是从意大利新现实主义来的，娄烨则是从法国新浪潮来的。有些艺术门类可无师自通，有些不行。小说就不行，电影也不行。所以好的电影人都有师承来历，一般来说，师承来历越清晰的，电影感越好。有次我跟编剧李樯聊天，李樯问我，你能看出我的来历吗？我说你是诗意现实主义，你是从费里尼那儿来的。

电影是世界语言，充满了互文与渗透。现在攻打一个国家最厉害的武器是什么？绝不是核武器。是电影。电影没有防空识别区，没有地对空防御武器，它可以越过高山大河，直抵另一个国家，另一个民族，直抵任何人的心灵——只要它足够优秀。

再看看小说家。莫言是从哪儿来的？他的形式和风格是从魔幻现实主义来的，魔幻现实主义是拉美文学爆炸作家群中的作家创造的。莫言有一部中篇就叫《爆炸》。那是他创作的早期阶段，直接表明了心志。但这不是他唯一的师承，他还有内容的师承，是谁呢？蒲松龄。蒲松龄的世界观加上魔幻现实主义的方法论，构成了莫言通往他的文学共和国的路径。后来莫言专门出了一本书，就叫《学习蒲松龄》。

刘震云是从哪儿来的呢？刘震云老师高深莫测老谋深算，他除了小说之外，从来不写散文啊随笔啊创作谈啊，所以他羚羊挂角无迹可循，即便有记者跟刘震云谈，谈的也是“只在此山中，云深不知处”。很少有人能看出他的来历。他是从哪儿来的呢？他是从曹雪芹、沈从文、汪曾祺这一路作家来的。虽然是这么来的，但刘震云有隐蔽性，沈从文和汪曾祺都是生活作家，而刘震云自成名作《塔铺》之后迅速转向了社会写作，如《单位》《一地鸡毛》《官场》等。那他为什么还是这一路生活派作家呢？刘震云大手笔的地方就在于，写的是社会，但用的是生活视角。这就使他得到了社会和生活的双重加持。八国首脑开会，比不上小林家一块豆腐重要。他拉开社会的弯弓，放的是生活的响箭。当年跟刘震云一道走红的作家绝大部分都已经消失了，但刘震云仍然以百万级别的纯文学单部销售量迎头痛击那些鸡汤作者、保健书籍作者、成功学作者、理财作者。刘震云的师承还可以从曹雪芹往前追，是谁呢？也是一个姓曹的人，叫曹永昌。说曹永昌大家可能不熟，他还有一个艺名，叫柳敬亭。说柳敬亭大家就都很熟了，是个说书人。刘震云的源头，在柳敬亭这里。有一个非常资深的跑文化口的记者曾经对我说他多次采访过刘震云，每次都觉得刘老师好像什么都没说，又好像什么都说了。我心里暗笑，这就对了，说书人从来不会把事儿一竿子到底。对说书人来说，两点之间，直线距离最远。这是讲故事的秘诀（刘震云是我哥，说这么多不知道得罪他没有。下次见面，我先自罚三杯）。曹雪芹也有师承——《金瓶梅》。没有《金瓶梅》就没有《红楼梦》。从石头缝儿里蹦出来的，是猴子，不是艺术家。

说这么多从哪儿来的问题，是因为从哪儿来很重要，决定着往哪儿去以及能走多远。

有朋自远方来，不亦乐乎。自近处来行不行？不行！

有朋自远方来，苏有朋是从哪儿来的呢？咱们继续说电影这事儿。

2. 亲疏及社会关系

《嫌疑人 X 的献身》这部电影的幕后台前，我认识四个人。编剧中的黄海和冯元良我认识。我认识黄海的时候是 2010 年，那时他还在宁浩工作室，很精神一小伙儿，偏喜欢穿着一身中式服装出来见人。我提醒他，你瘦，穿不住中式服装，往好了说，像山寨相声演员，往真实了说，像骗子。黄海问我什么人能穿中式服装，我说胖一点的人穿中式服装好些。过几天恰遇见我的胖朋友谭飞，也穿着中式服装见人，更像骗子。我赶紧给黄海打了一电话，我说胖一点也不能穿，还是像骗子。黄海复读机般问我那什么人能穿中式服装，我想了想说民国吧。一竿子把黄海插民国去了。后来再见黄海都是西装或休闲装，事业也蒸蒸日上。冯元良写《心迷宫》出道，见人都是笑眯眯的。对他印象最深的就是一早醒来刷微信，但凡群里有他，无论几点，他都在说话的那拨人里。我感叹这真是个好编剧，身体真抗造。

出品方之一中汇影视我认识两人。一个是董俊，见过两面。一个是侯小强，算是比较熟的朋友。但因为侯小强是 IP 和大 IP 的强有力的推手，我又是 IP 和大 IP 的强有力的狙击手，所以这两年基本不联系了。有次在一个脱口秀现场，我当着侯小强的面半开玩笑说：侯小强目前是我的敌人。敌人谈不上，但认识文化的角度确实不一样。道不同就很难一块玩儿。我至今不能接受影视界的人把拍电影说成拍 IP。拍电影是个很美的词。拍 IP 在我看来是和拍马屁同等级别的词汇。

以后的测评也会先把关系列出来。亲兄弟，明算账。

3. 意义及一本正经

61 分看似不高，但它重要的意义在于及格了。及格不及格是电影重要的分界线。任何艺术都不是见仁见智，它都有一条及格的分界线。及格线以上，才是见仁见智。及格线以下的见仁见智要么是弱智，要么是别有用心。当下的国产电影，及格的不多。所以在国产电影中，及格算优秀。

《嫌疑人X的献身》能够及格主要来自两点：一、原著非常结实的故事结构。这是个很惊悚的人性故事。在推理方式上有别材别趣，用了反推的方法。中国版虽然加了很多本土化的东西，但结构还是原著的。人物关系奇崛清晰的故事，特别适合拍成电影。美国当时买《无间道》也是因为清晰独特的人物关系。二、导演苏有朋的苦心经营。我没用才华，而是用苦心经营这个词，这是因为这部电影苏有朋是够着拍的。说实话，我没在这部电影里看出才华。我只看出了努力和经营。但我不是判断苏有朋没有才华，我判断他的才华应该不在推理悬疑这里。希望他接下来拍点别的类型。我从这部电影里看出最重要的一点是：故事如果非常优秀，通过努力可以拍到及格线以上。故可以得出一个人人都应该早就明白的结论：故事是且永远是电影行业的核心，故事是且永远是电影行业最大的资本。资本不是最大的资本，故事才是。不明白这一点的，要么蠢，要么坏，要么蠢坏。

4. 表演

王凯和张鲁一都完成了表演任务。两个人都经受住了大银幕的考验。有些演员只能在荧屏上见，有些则可以在银幕荧屏间穿越自如，有的演员则只能在大银幕上见。荧屏讲究动感，银幕讲究质感。从这一点上说，王凯和张鲁一都站住了脚。当然，他们之前都演过电影，但在我的记忆中，这是他们第一次挑大梁。助攻和进球还是有很不一样的技术和感觉。

但这二位演员也仅仅是完成了任务而已，并未有什么杰出的表演。网上盛赞张鲁一的表演，把关于表演的正面形容的大词儿都搬出来了。这让我很是诧异，这是要捧杀张鲁一吗？张鲁一当然是个好演员，这次也完成了人物塑造。但是对于专业人士，应该也能明显看出来，这次张鲁一的表演主要是通过外部技术来完成的。我不认识张鲁一，但我觉得这次表演对他来说没有什么挑战。这让我想起了《解救吾先生》。当时大家盛赞王千源，我认为也是过了头。王千源是我好朋友，那个角色他手到擒来，但要说震古烁今也是扯淡。还让不让张鲁一和王千源进步了？王凯在《黄克功案件》里饰演的黄克功非常成功，那个电影里他有两个维度，好演。《嫌疑人 X 的献身》里边他只有一个维度，不好演。希望王凯甩掉帅和酷这俩别人给他背上的包袱。表演艺术，不是演表艺术。

近两年风气很不好。要么是棒杀，要么是捧杀。前几天我跟演员郝蕾聊天，郝蕾也有点蒙，说媒体和社交媒体动不动就嚷嚷说又出来一部天才之作，动不动就是炸裂式表演、教科书级别表演，怎么了这是？我说：贵圈看片量太少，少见则多怪。

林心如来演是帮忙性质，从结果来看确实也是来帮忙的。人来了，心在家里。不怪她。因为她不适合这个角色，不该来帮忙，不该帮的忙帮了就会帮成倒忙。

叶绍祖把自己演成了绣花针，穿针引线，线连起来了，衣服做成了，针没能留在衣服上。可惜。

成泰燊跟王凯演过《黄克功案件》，是个很棒的演员，气场沉郁。这次没有太多机会，功能性人物，功能性完成。

5. 台词

我查相关资料，看见苏有朋导演接受采访时说主创们非常认真，点灯熬油一遍遍过台词，找台词的瑕疵疏漏，等等。但我认为这部电影的第二大问题就是台词。这部电影的台词是不及格的，几乎全部是解释性或解说性台词。

台词两大功能：一、介绍故事或人物信息；二、推动叙事。一句好的台词必须二者兼而有之。《嫌疑人 X 的献身》里边的台词基本只完成了一个功能。我本来想举例，但因为只看过一遍，记不准确，故略。电影里台词最大的败笔在王凯饰演的人物突然悟出案件的真相之后说的那句话，大意是如果真相给我们带来的是痛苦那我们追寻还有什么意义云云。那句台词实际上是对该部电影的评论。非常奇怪的一点是，中国的影视剧里边的人物，特别爱评价自己饰演的这个人物和自己正在饰演的这个故事的意义，就是特别爱总结段落大意和中心思想。这是中国语文教育种下的毒，慢慢排吧。

《嫌疑人 X 的献身》里边的台词滞后于故事，没有对故事和人物形成帮助和推动。

6. 声音

该部电影最大的败笔在于声音。当电影开场，人物一开口的时候我吃了一惊，这对白声音太悬浮了，跟画面贴不上，是两股道上的车。我甚至有起身走出电影院的冲动，因为我已接受不了这样的声音标准。如果我不是带着五号厅的任务来，我可能真就走了。这个声音的制作标准是二流电视剧级别的。按说以这部电影的配置，声音不至于出这么大问题。也许是苏有朋导演的审美问题，也许是技术问题。

音乐平平。

7. 叙事

这部电影在本土化方面做了很多努力，也就是所谓的接地气吧。但我认为地是接了，气则未通。有些是技术问题，本来是可以解决的。比如带便当这事儿。张鲁一带个套餐盒饭，中午在单位吃。这很不中国。很容易解决的一个技术问题却搞得不伦不类。再比如联络打公用电话，也解决得不好。有些是文化问题。邻居登门拜访改为孩子学习实践，这些反而解决得很好。文化问题比技术问题难解决。我觉得苏有朋导演的团队还是在技术问题上疏忽了。刘震云说："把会干和能干的事儿干好，事儿就成了大半。"技术问题属于会干和能干的，其他尽力就好。

总而言之，《嫌疑人 X 的献身》这个故事非常日本，尤其是石泓的心理状态，它很难被移植到中国人的心态中。所以《嫌疑人 X 的献身》这个故事适合其他的岛国或半岛国家来改编，不适合大陆国家尤其是国土广袤的大陆国家来翻拍。一方水土养一方人。什么地种什么庄稼。这部电影还有一种改编方式就是再极致一点，干脆不接地气，把它拍成一个寓言。

中国影视界买了大量的日本版权，都面临这个本土化问题。这也是至今大量的日本版权没有被改编出来的主要原因。听说日本的很多作家朋友因为老拍不出来生气了，不卖了。他们哪知道中国朋友的难处啊。中国朋友多爱钱啊，要能拍出来早拍出来了。

叙事还有一个重大问题是成泰燊这条线。这个人物是中段突然冒出来的，电影很忌讳这种人物出场方式。草蛇灰线，伏延千里，重要人物必须提前谋篇布局。突然冒出来成泰燊这么一个人物，给了我网络大电影的感觉，网络大电影都是这么没头没脑地出人物。其实这个人物可以提前出，而且接下来是张鲁一突然转性，开始借此追踪恐吓讹诈林心如，这个弯儿拐得太急了，拐得让整个故事欲盖弥彰。成泰燊出现之前，叙事的调性是统一的，出现之后，这口气破了。实际上，张鲁一驾车追踪成泰燊，还有调虎离山驾车追杀王凯等剧情，都跟他饰演的这个人物违和了。他是一个数学家，不是一个硬派杀手。这一段给了我儿戏的感觉，就像张艺谋的《长城》，声势浩大，终是儿戏。

8. 小结

这是一部值得一看的电影。对普通观众来说，该有的都有了，可乘兴而来满意而归。对骨灰级影迷来说，可能还欠点火候，但这年头遇到一部及格的电影也不易，还是看看吧。对原著粉来说，不要纠结，能看到多一个版本和诠释就挺好的。书迷较真则输。

最后说几句从哪儿来到哪儿去的问题。功夫是中国的，熊猫是中国的，《功夫熊猫》却是美国的。这就是先进文化的强悍之处，它有一种吞云吐雨的能力。苏有朋这一版《嫌疑人X的献身》算是亦步亦趋、战战兢兢，完成了对日本文化的一次翻译工作。虽然值得一看，但对文化本土的拓展毫无意义。它只对出品方有经济学意义。这就是我为什么老强调从哪儿来，因为它决定你到哪儿去。希望中国的电影人自强自立，别老盯着韩国、日本，都把人家买哆嗦了知道吗？老争喝别人的汤汤水水，丢不丢人啊。自己也争点气，拍点原创故事吧。

有朋自远方来，苏有朋自哪儿来？上次他自饶雪漫那儿来，说的是市场让他说的话。这次是自IP来，说的是日本故事里的话。下一次呢？期待苏有朋导演从他自己想来的地方来。

及格是60分。为什么多出了1分？因为我是小虎队的粉丝。小虎队当年在歌声中给了我们大海、星光、幸运草，自由自在的恋爱。比起现在的一个偶像组合提倡的大大的房子、酷酷的汽车酷多了。故多打1分，也算藏私。

9. 清明

今日清明，雨意低回。正写此稿中，突闻中国电影界泰斗级电影人周传基先生仙逝。周传基先生对中国电影多有关切、提醒和批评。他曾说中国电影发的是横财。我想这老人家说得可真善良。哪里是横财？坑蒙拐骗的多了去了。

对周传基先生的去世致以深切的哀悼。

我开头说了，电影是靠传承的。正是无数的电影人把年代留在了光影里。如果把 1895 年以来的所有电影胶片连到一起，你会发现它们是同一部电影——波澜壮阔的百年人类心灵史。

向每一位电影人（不是 IP 人）致敬！

过度构思，过犹不及
——《记忆大师》测评报告

1. 分数及消息

分数：59 分

编剧：任鹏

导演：陈正道

能看出编导很努力，但这是一部不及格的电影。最大的问题在于剧本。该部电影不及格的责任主要在于编剧和导演。

另外，好多朋友及热心人劝我不要写影评，因为如果夸一部电影还好，如果是说一部电影不好，则会得罪一票人。据说还有一个投资人对跟我合作的人说：我们绝不跟宋方金合作，这个人不可控。把跟我合作的人吓够呛，来劝我别得罪人了。在此敬告所有影视界的朋友：本人永远不可控。谁也别想控制我。我还想问一句：为啥要控制我？难道合作就是控制与反控制？不是学习与互相学习？不是批评与自我批评？批评不真实，则赞美无意义。所以，在中国靠谱的影评人出现之前，我会继续把真实的影评写下去。如果我批评一部电影就能得罪人那就得罪吧。互捧臭脚的习气该纠正一下了。自己窝里横有意思吗？看看欧美日韩的电影，我们差距多远？也别老提审查和工业体系的事儿，伊朗比咱们苛刻和简陋多了，《一次别离》《推销员》这样的电影我们有吗？

电影，是一种尊严的物质形式。

2. 类型及剧本

这部电影的类型是悬疑、推理、犯罪及软科幻的混合类型。软科幻是引子，悬疑是形式，推理是主体，犯罪是诱因。很遗憾，编导没有把这四块面和到一起，它们没有发酵。

我曾经预言过几个类型短时间内不会在中国成功。一个是歌舞类型，一个是偶像类型，一个是超级英雄类型，还有一个就是科幻类型。其中中国电影人提出了软科幻类型。硬不起来，就从软上找，这我理解。但是，软科幻也是科幻。胡思乱想不是科幻，那叫玄幻（当然，玄幻也不全是胡思乱想，也有体系）。什么是科幻的准确定义？科幻是基于科学基础上的科学延伸。周铁东多次纠正过，我们翻译的这个科幻并不准确，准确的翻译应该是科学虚构。所以如果把科幻片改为科构片的话，很多创作者就不会自讨苦吃了。一个“幻”字，使多少人陷入“幻”的苦海之中。在一个科学成果不丰、科学意识不强的国度拍科幻片是一件非常科幻的事情。我建议把科幻片以后一律称为科构片，以加强电影人的科学意识和对这个类型的精准认识。

《记忆大师》的软科幻部分为删除记忆和重装记忆。黄渤在进入记忆大师手术室的时候，手术室的布置还算像煞有介事，各种探头，各种仪器，但是，我万万没有想到，那么复杂的仪器装置，竟然没有一次真正接触黄渤的身体，而且在复原记忆的时候，竟然是通过滴眼药水的方式。我一直在怀疑我是不是看错了，后来反复回想，就是滴眼药水（如果是我记错了，我会更正）。这跟“科”就没关系了，就是“幻”了，它不让人信服。细节，是电影的肌理，是让观众信服和代入的电影最小单位。细，就是戏。戏，就是细。故事工作者必须牢记：绳在细处断，戏在细处显。詹姆斯·卡梅隆的《阿凡达》，各种细节繁若星辰，即便是没有任何参照的语言细节，卡梅隆也找了语言专家让它自成体系。《记忆大师》里边最重要的删除重装记忆环节如此草率和简陋，给电影埋下了第一个败笔。

第二个败笔是一处“情节兼细节”。黄渤从手术室出来，拿着装有自己记忆的存盘，正好遇见一男劫持一女，让女的取回记忆。女不从，男开枪跟女同归于尽。惊慌失措之下，黄渤错拿了别人的杀人记忆存盘，故事由此真正开始。这是整部电影最致命的错误。电影是什么？电影寻求的是世界的或然性，但这个或然性追求是通过电影自身的必然性来实现的。也就是说，一部电影所表现的故事，必须逻辑自洽及事出必然。如果黄渤没有遇见那一对劫持男女，就不会拿错存盘，故事就不会发生了。这是编导犯的最大错误。故事的齿轮一旦转动，偶然性便不再存在。这也是剧作法一再要求如果有巧合必须发生在前十分钟的原因。而且这巧合不能对故事整体形成根本影响，更别提《记忆大师》的巧合是整部电影最根本的发动。这部电影一定不能是因为“记忆手术失误”的巧合导致的。巧合在喜剧中有时候除外，喜剧在很多时候有豁免权。但其实喜剧也遵循从或然性到必然性的创作规律，只是喜剧有一些特权而已，而且这特权一旦不受约束也会分崩离析，还有一种电影完全用巧合，巧合则构成了一种新的逻辑自洽。这种电影用好了会很高级。比如，成龙的电影《奇迹》，处处是巧合，还有《贫民窟的百万富翁》，人生经历和游戏谜底完全巧合。这都是极其成功的案例。

电影的一切问题，最后都反映在人物关系上。在黄渤错拿存盘的情节兼细节中，可以使用“人物关系”来解决这个问题。黄渤和段奕宏二人的人物关系前史需要重构，建立起一种博弈关系。从电影开始之前，较量就已经存在了，之后存盘并不是错拿，而是“真给”。比如段奕宏是黄渤的书迷，沉迷于黄渤的精神世界，他希望自己真正体验黄渤的感受；或者黄渤跟段奕宏之前曾有一段关于犯罪与哲学的公开辩论或私下较量。这都有助于使人物关系变得结实。《嫌疑人 X 的献身》就是一个成功的例子，石神和汤川之间的张力来自他们的互相了解。

接下来还有一个巧合，就是黄渤在警察局偶然看到了一张案卷的资料照片，从而把自己卷入了案情，引发了故事的发展。接连这么两个重大的巧合之下，这部电影已经变成了水上写字、沙上建塔，终是海市蜃楼。

我在查阅这部电影资料的时候，看到编导的采访，说为了烧脑，曾把除了徐静蕾之外所有的人都设计成杀手过。说实话，我惊愕了半天。这真是走火入魔了。这不叫烧脑，这叫发烧。这不叫创作，这叫作。为了烧脑，就可以让任何人犯罪？

有合理性吗？有必然性吗？编导到底想表达什么呢？故事是表达价值观的一种艺术，可不是猜谜游戏。犯罪题材尤需谨慎。为了让人猜不出凶手是谁，恨不得绕天三百六十圈，恨不得再活五百年，这有什么意义？世界电影史上有很多犯罪题材的电影，这个类型已经是非常成熟的了，但在《记忆大师》这里，我没有看到对各种类型元素的传承，只看到了闭门造车，只看到了处心积虑。

3. 表演

因为剧本不及格，表演也就很难评价了。演员，是文本之上的一种表达。没有好的文本，演员就失去根本。这部电影，辜负了黄渤、段奕宏、徐静蕾、杨子姗等一票演员。

黄渤是力量型、天才型演员，他的核心阵地是在喜剧领域，希望他不要放弃这片对他来说天然的国土。他演亦正亦邪的人物、喜剧人物、小人物，都得心应手、本色当行。角色一旦过“正”，黄渤的表演就会“拘”一些。

《记忆大师》中，黄渤和段奕宏如果互换一下角色，也许会更好一些。

这部电影没有给徐静蕾什么发挥空间，说的都是面上的话，做的都是面上的事。

电影给了杨子姗一个误导观众的戏剧任务。这个任务的设置漏洞百出。其中杨子姗在领徐静蕾进入花房的时候，有一个近景，是杨子姗一个阴沉的眼神。这个眼神我估计是导演要求的。在这样一个时间段，让杨子姗递出这样一个误导的眼神，导演既不厚道，也不自信。电影可以有虚假信息，但必须是来自人物本身，不能来自导演主观设计。来自人物本身的虚假信息是真实信息，只要真实，便有效。但如果虚假信息来自编导的主观设计，该虚假信息就是真实的虚假信息，不是真实信息。杨子姗那个眼神万万要不得，这是赤裸裸的欺骗。

4. 片名及声音

片名太差，言不及义。如果改成《杀死记忆》或《记忆杀》之类的会好一些，票房也会提升一些。《记忆大师》一听就是个很山寨的名字。在中国，无论干什么，都离大师远一些。

这部电影的声音也不太对。对白声虚浮游离。演员的语言魅力没有体现出来。《喜欢你》在这方面就做得很好。电影局的审查一直分两类，一是文本审查，二是技术审查。文审标准应放宽，技审标准应提高。行业升级变产业，首先看工业。

5. 结语

电影不是让人猜不着就好。生活中让人猜不着的事情太多了，也不见得有什么意义。悬疑推理类电影可以是“谁是凶手”，也可以是“知道谁是凶手，看怎样找到凶手”，也可以是二者结合。不管怎样，这都是“术”，还要找到“道”，找到电影的意义——你所要表达的价值观。

《记忆大师》体现了比较典型的中国电影人的创作焦虑症，总想跟观众比智商，于是过度构思，导致了过犹不及。观众进影院，没有一个是想来猜谜的，他们是想猜心——而且是想被猜心。他们想在银幕上看到陌生的世界里陌生的心灵里有一个熟悉和久未谋面的自己。

电影是戏，不是儿戏。

恋爱未满，止于喜欢
——《喜欢你》测评报告

1. 主创消息及消息解读

该部影片根据蓝白色的小说《终于等到你》改编

编　剧：李　媛　许伊萌

导　演：许宏宇

监　制：陈可辛　许月珍

制片人：吴碧海

主　演：周冬雨　金城武

之所以叫“主创消息”而不叫“信息”是因为一部电影的

主创就是一部影片的“消息”。“消息”的本义是“机关”。从这部影片的主创来说，最大的“消息”是陈可辛。陈可辛这几年左手监制、右手导演、双手一握是老板，正可谓风生水起。从类型掌控到剧本创作再到电影制作，《喜欢你》这样的电影对陈可辛来说举重若轻。根据公开的消息得知，这是李媛、许伊萌两位编剧的处女作，也是导演许宏宇的处女作。中国影坛有一种导演处女作现象，就是有些重要导演的处女作往往非常突出，占据他创作生涯的重要位置，甚至是最重要的位置。陈凯歌的《黄土地》、张艺谋的《红高粱》、姜文的《阳光灿烂的日子》、贾樟柯的《小武》等莫不如此。今年我看了两部导演处女作作品，一部是梅峰导演的《不成问题的问题》，我把它称为中国电影的续命之作，我会在上映时单写一个评论在五号厅发；另一部就是这部《喜欢你》，它虽然没有《不成问题的问题》那么深刻、完整和自足，但同样是一部值得一看的处女作。它平均值很高，而且不时有惊喜的喷泉涌出。

2. 分数及分数说明

65 分＋ 15 分＝ 80 分。

这部电影的基础分是 65 分。那 15 分单给周冬雨。可以说，周冬雨靠一己之力，撑住了这部电影，否则它将天缺一角。周冬雨在这部电影中成精了。

3. 表演及当众孤独

这是一部周冬雨电影。在目前看来，是周冬雨的代表作之一。什么叫代表作呢？陈道明曾教诲我："对于演员来说，代表作的意思就是除了这个演员，你无法想象换其他演员来演的结果或实际操作也不可能达到的一种表演现实。"实际上，就是作家要写出独一无二的"这一个"，演员也必须演出独一无二的"这一个"。从这个意义上来说，很难想象换掉周冬雨，哪个演员能来演这个女大厨角色；反过来说，这部电影换掉谁都有可能继续成立，唯独换掉周冬雨，不行。

那么，周冬雨在这部电影里做到了哪一点呢？简单一句话，她实现了表演艺术中的"当众孤独"。

"当众孤独"是戏剧表演体系里的术语。中戏出来的演员对"当众孤独"是不陌生甚至很熟悉的。我不清楚电影学院的表演教学体系，但这次周冬雨的表演果实是丰富而惊人的。说实话，我已经有很长时间没有看到演员非常通透地实现过"当众孤独"了。所谓"当众孤独"，就是演员要以强大的自信为前提，进入艺术的规定情境，跟角色魔术般地合二为一，既体验又体现，既有我又无我。如行动着的"禅定"。《庄子》里的一句话比较能说明“当众孤独”的意义：“非彼无我，非我无所取。”什么意思呢？就是没有对方就没有我，但没有我，也体现不出对方的“形象与意义”。曹雪芹在《红楼梦》里化用过这一句，是一偈，叫“无我原非你”，下边跟了一句他自己的，叫“从他不解伊”。

表演，本是一门超凡入圣的艺术。

可惜的是现在的表演要么变成了“表脸”，要么变成了拼嗓门、拼表情、拼整容、拼服装、拼修图。这次周冬雨吃透了角色，行走坐卧如行云流水，嬉笑怒骂皆信手拈来。金城武这次则只基本完成了角色，而且在周冬雨的鬼马精灵的表演裹挟下，他还略显滞重。但这并非金城武的表演问题，而是角色的先天不足，后边会说这个问题。

需要提及的是，最近一两年，大家经常拿周冬雨和周迅比，似乎周冬雨接过了周迅的表演衣钵。实则差矣。两人实在不是一个类型。周迅的表演属火，警惕、热烈，纸包不住，山压不住，要么灼人，要么自焚，换句话说，周迅是火山，最沉默的时候也时刻具备爆发的态势。周冬雨的表演属水，水走路，谁都挡不住。在《喜欢你》这部电影中，连她的衣服都似乎学会了演戏。真想读一读她在《喜欢你》中的表演心得和角色分析——如果有的话。

4. 类型及剧本创作

这是一部爱情喜剧。爱情在全世界都是非常成熟的故事类型。喜剧亦然。爱情喜剧也是国内电影市场最受欢迎的一个杂糅类型。《喜欢你》在剧本完成度上，我的评价是“有句无篇”。什么意思呢？就是说它有很多细节、段落都堪称惊艳，但类型表达并不完整，人物塑造和主题开掘都不够。开端的周冬雨与金城武邂逅的段落虽用的是套路，但套路之中又有独特的细节。因为大部分朋友都还没看，故不剧透。大家可以看了以后回来对照。再比如，“吃河豚中毒”是整部电影中最精彩的一个段落，算是顶级的电影爱情桥段。写得好，拍得好，演得也好。但遗憾也在这里，编剧和导演仅仅是将这个段落当作了一个抒情段落和表意段落，没有在这里“叙事”。所谓“叙事”就是一定要有“戏剧性事件”，加深或推动两人的关系发生质的变化。在这个抒情的段落里，也有点题，但电影始终靠的是“叙事”。没有实锤，靠意是不结实的。

这也是我上一节说的金城武角色的问题。周冬雨的角色是连贯的、完整的。当然，不是说没有问题，周冬雨角色的问题也出在剧作部分，没有给周冬雨喜欢金城武一个非常结实的“戏剧性前提”。这个问题是一体两面，既是周冬雨喜欢金城武的前提，也是金城武这个角色该有的动人之处。电影里用了美食来作勾连，这是远远不够的，这是一个起点，不能代替“戏剧性叙事”。金城武这个角色自始至终没有“戏剧性事件给他带来戏剧性变化”。换句话说，他没能带来令人信服的被人喜欢上的特质。在好莱坞剧作体系中，有个技巧叫“救猫咪”。主人公必须在某些关键时刻，展现出他的某种核心特质。“不近人情”只是他的表象，编导对于金城武这个角色的内心挖掘不足。

在爱情电影类型中，最重要的一点是“爱情的阻力”，即谁让他们不能在一起。《喜欢你》这一点也做得不及格。开始靠的是误会，再后来靠的是工作。电影始终没有一个真正的阻力，使他们两人的爱情经受真正的考验。爱情电影类型中的阻力，是考察社会中两性关系的重要风向标，也就是主题。因为没有真正的阻力，所以这个电影并没有主题。爱情并不是主题，它是类型。阻力才是主题。《喜欢你》可以有很多阻力的介入，如金钱、家族或家庭等。但编导没能更进一步。说到底还是对类型缺少深入透彻的研究。因此，这部电影是恋爱未满，止于喜欢，还没有表达到爱的层次。我相信大部分观众会有这种淡淡的遗憾。当然，作为一部电影处女作，完成度已经很高了。也希望这个团队再接再厉，可以在《喜欢你》之后再拍一部续集《爱上你》。拍周冬雨和金城武“喜欢你”之后遇见了“爱上你”的大麻烦。希望他们能拍出这个类型的最大能量。有认识这个团队的请转告，此创意免费。

5. 其他及杂七杂八

我看了这部电影之后，又回去翻了一下原著小说。这个小说的人物关系和有些小段落都写得很好，但小说可能因为是网文的关系，很多地方透着草率和格调不高的缺点，因此两位编剧在很多时候的处理和改编都堪称优秀。在此祝贺两位编剧，期待她们有更多作品。

韩寒填词、陈光荣作曲、陈绮贞演唱的插曲《我喜欢上你时的内心活动》也是一个小惊喜。好听，妥帖。

虽然恋爱未满，止于喜欢，但这已经是电影中的一股清流，能看出创作者的诚恳与美意。看完之后，夕阳西下，跟电影中的“看夕阳”一个意境。“看夕阳”这个结尾是很好的，拍出了人物关系的微妙。

每次看完一部电影，朋友们都会问我要看与不看的建议，我这次的建议是：只看周冬雨的表演，已值回票价。

好电影就是让人又哭又笑

——《摔跤吧！爸爸》测评报告

1. 分数及主创消息

分数：95 分

编剧：比于什 · 古普塔、施热亚 · 简、尼特什 · 提瓦瑞

导演：尼特什 · 提瓦瑞

主演：阿米尔 · 汗

有些电影人一旦出手，其作品就有质量保证。阿米尔 · 汗就是其中一位。他出演的《三个白痴》曾在中国引起不小的反响。这次《摔跤吧！爸爸》能在中国受到关注，一方面是作品

本身质量过硬，另一方面也可以说是《三个白痴》的余威还在。好电影的穿透力是非常惊人的。2014 年，《三个白痴》的编剧乔希参加了北京国际电影节，电影局邀请他跟中国二十多位编剧做了一次圆桌对话。其中有张宏森、冉平、苏小卫等诸位老师。我忝陪末座。当时乔希先生说他们在写《三个白痴》的时候，就是想写一个又哭又笑的故事。当时我跟他说，我会把这句话打印出来，贴在我书房的案头。在我后来很多次演讲中，我都提到了这句话。什么是好电影呢？好电影就是让人又哭又笑。《三个白痴》是一部让人又哭又笑的电影，这一次的《摔跤吧！爸爸》同样是一部让人又哭又笑的电影。哭和笑，是人类最本真的两极情感表达方式。单纯让人哭或笑已不易，若能让人又哭又笑必然是情感汁液丰富的电影，是好电影。当你写出了一个让人又哭又笑的故事，一般来说，这就是写出了具有时代感的故事。这样的电影，必然是 90 分以上的电影。这部电影的基础分我打了 90 分，因为阿米尔・汗在这部电影上挥洒的汗水，单给他再加 5 分。

2. 类型及剧作

这部电影的主类型是体育和传记，混杂了剧情片和喜剧片的类型元素。体育类型电影里最重要的一种阻力是：赢了没有？《摔跤吧！爸爸》里边是赢了，作为教练的爸爸赢了，作为场上运动员的女儿也赢了。可以说这是一部明显的好莱坞式大团圆结局的宝莱坞影片。这是一部相当克制而又具有野心的电影。克制在于它尽量减少了宝莱坞影片无处不在的歌舞段落，最大限度运用了类型的普遍力量。当然，中国版减少了20分钟，是140分钟的版本。除了北美，发往其他国家的版本基本是这140分钟。而在北美影院，发行160分钟版本的多是印度裔集中的社区影院。从目前的结果来看，这部影片的质量配得上它的野心。对体育类型来说，跟阻力相对应的破解的钩子就是：怎么赢的？在这方面，《摔跤吧！爸爸》并没有绞尽脑汁地出新，而是用的类型片中的“套路”。为什么大家都爱走套路呢？因为套路是大路，它能有效抵达。比如这部电影的高潮是女儿吉塔战胜曾连赢过她两次的一个对手。这里边有两个钩子：一个钩子是最早在自制的摔跤垫上训练吉塔的时候，爸爸曾说过的得分规则，最高是5分，这很难，但并非没有可能；另一个钩子是女儿从国家体育学院偷跑出来，又在自制的摔跤垫上，爸爸告诉她关键时刻要用假动作。这时候，任何观众都知道吉塔肯定会用5分动作战胜对手。但没有任何观众会为猜出结局而沮丧或不满，因为电影始终不是猜谜，而是一种移情和渴望：将自己的情感转移到主人公身上，渴望看到主人公战胜对手的那一刻。这就是故事的力量。在《记忆大师》里边，编导生怕对方猜出凶手是谁，故左躲右藏，跟观众玩捉迷藏，把电影的最核心元素——情感给藏没了。

这部电影的剧作也有些小瑕疵。比如，爸爸第一次带女儿参加跟男孩子一块角逐的摔跤比赛，被现场裁判员阻止，爸爸火气十足，要揍对方，但终于悻悻放弃离场。这时候，在他背后的另一名裁判员跟阻止爸爸的裁判员说应该让这个女孩子参赛，因为会带来门票收入。事情由此出现转机。任何类型都有一条守则：重要事件必须由主人公来推动和解决。女儿能否参赛这个事情，必须由爸爸来解决。这是一个重大事件，必须主动解决。另外一次是在高潮时刻，爸爸因为被锁进房间，不在现场，吉塔在最后一搏之前想起了爸爸曾让她跳进河里，说爸爸不可能每次都来救你，你要靠自己。这个信息在影片里是被瞒掉的。当时只是爸爸说让她们跳，然后就直接是妈妈给瑟瑟发抖的女儿换衣服了。成熟的编导一般不隐瞒信息，这是一种比较业余的创作手法。但在某些影片中，隐瞒信息也是必需的，而且用好即好。比如克林特·伊斯特伍德的《萨利机长》就有很多隐瞒信息的段落，但这种隐瞒信息是必需的，而且是以丰富的戏剧性保证了信息披露时刻的惊奇。《摔跤吧！爸爸》的这个跳河的段落是没有必要隐瞒的，但瑕不掩瑜。就这部电影剧作的完整性和成熟性来说，中国电影最近几年的剧本很难有与之匹敌的。它胜在质朴。

3. 表演与音乐

阿米尔·汗先增肥再瘦身，只为表达三个不同的人生段落，这是一个演员的自我修养。之前中国的演员中，蒋雯丽曾为《立春》增肥，孙淳曾为饰演袁世凯增肥。虽然目前有很多技术可以达到外形的改变，但生理感带来的心理感的变化是技术无可比拟的。当然，我觉得演员最好不要过度追求外形的相似来伤害生理的健康。但在目前中国的年轻演员很多时候连现场都不去的情况下，希望阿米尔·汗的行为能给这些演员带来一点模范作用。

其他的演员也都本色当行，表现精彩。我们能在这些异域的面孔和表情中，看到我们熟悉的情感。他们的表演令人信服。那个村落里的人几乎可以是中国任何一个小镇上的人。

电影里在关键的人物成长的时刻，有几首插曲，都准确诠释了人物的心理和情感。韩寒的两部电影中，也常用这种手法，用得不俗。电影插曲是一种非常有效的电影创作手段，但被中国电影摒弃了。

4. 小结

《论语·雍也》中有这么一段：子曰："质胜文则野，文胜质则史。文质彬彬，然后君子。"孔子的意思是，质朴压过文采，结果就是粗野粗鄙；文采压过质朴，结果就是虚饰浮夸。文与质恰当平衡，才可称为君子。

《论语》中的这段话可以用作对今天中国电影的评论。中国电影要么显得粗鄙，要么显得浮夸。这里边有文采不够的问题，也有质朴欠缺的问题。而《摔跤吧！爸爸》则是一部文质彬彬的电影。它优雅质朴，充满君子之风。反观中国电影，流氓气和铜臭气太重了。

希望我们能尽快拍出文质彬彬的电影。

一部没有任何野心的“科教”电影

——《异星觉醒》测评报告

还是先打个分吧，20分。这20分全给片中搭建的那个空间站。除此之外，这部片子是0分。没有功劳也没有苦劳吗？是的，没有。因为一切艺术都是传承的艺术，讲故事这门手艺传承了三四千年了，电影的传承也有一百多年了。但在《异星觉醒》中，你看不到任何传承。虽然目前讲故事的人都抱怨前人把故事讲完了，但他们没有明白，目前讲故事是站在无数故事巨人的肩膀上。这是一种艰难的荣耀，也是莫大的荣幸。它的好处在于，有无数的“故事地图”“类型路标”告诉你别走弯路。在故事的传承之下工作，就有可能接续新的传承。当一部电影徒有其表、没有其理的时候，它就断掉了优秀的故事的传承。这是创作的失职和渎职。那么，什么东西徒有其表、没有传承？赝品。《异星觉醒》就是一个赝品电影，即使它脱胎于工业体系成熟的美国电影，也改变不了它赝品的本质。

说实话，刚看完的时候，我有些蒙，不明白这样一部无人物、无剧情、无场面甚至无主题的四无电影是怎样通过故事竞争越来越激烈、项目上马越来越谨慎的好莱坞决策层的。而且，这竟然是一部还想拍续集的电影。我了解了一下，这部影片的投资是 5800 万美元。在好莱坞，这算是一个 B 级制作，但它又没有 B 级片的无拘无束的邪典趣味。这是一部没有任何野心的电影，乏味至极。

从类型上看，它的主类型是科幻和惊悚。但影片里既无科幻，也无惊悚。从取回的火星样本中复活了一个火星生命，这个生命成长为一个怪兽，开始吞噬空间站的宇航员，宇航员于是四处逃窜，但终于被火星怪兽全部吃掉，火星怪兽跟随宇航员的逃生舱来到了地球。故事真的就是这么简单。在这中间，看不到求生的智慧、反抗的意志、深沉的友爱、不渝的爱情。甚至，就连司空见惯的动作场面你都看不到。能看到的，无非就是蜘蛛状的火星怪兽，遇上谁就把谁缠死。所以，我认为从类型来说，这不是一部科幻片，而是一部科教片，教育你见到这样的怪兽惹不起也躲不起。

只要看这部片子的简介，很容易使人想到《异形》。《异形》已经是一部科幻兼惊悚的经典之作。未知恐惧、不明生物、心理空间、生理空间，《异形》很完美地融合了这些元素，一波三折地讲述了宇宙飞船的船员们跟异形搏斗的故事。但在《异星觉醒》中，看不到宇航员们的意志，只能看到一个又一个失误之后，一个又一个宇航员被火星怪兽干掉。从根本上来说，这也违背了剧作法的原则，就是主角在遭遇被动的情况下，必须采取强有力的动作反击。这是故事的法则，也是麦基在《故事》一书中反复强调的。

在好莱坞，有头有脸的编导主创，以及很多演员，都看过麦基的书，或听过麦基的故事结构讲习班。但始终有一个人对麦基的书和学习班不屑一顾，这个人就是斯皮尔伯格。后来斯皮尔伯格的《世界之战》上映的时候，被麦基抓住了剧作的把柄，在全世界作为反面例子来宣扬。《世界之战》里边的主角在面对外星生物入侵的时候，虽然跟外星生命斗智斗勇，顽强反抗，但没有丝毫作用，最后面临人类灭亡，但就在这一时刻，所有外星生物却莫名其妙地集体死掉了，原因是来到了地球，竟然水土不服。《世界之战》的剧作问题，从根本而言，也是《异星觉醒》的剧作问题。然而，《世界之战》至少还有场面，而《异星觉醒》只有“场面很难看”。火星怪兽做得也特别像“五毛特效”，说实话，它对于场面的想象力是国产电视剧级别的。而且，一般在美国电影中能够随时见到的美式小幽默，在这部电影中也踪影皆无，连句像样的台词都没有。

如此一部电影，能在好莱坞投拍，上映，并且最后被引进到中国。毫无疑问，这是一个奇迹。该电影在美国上映的时候，口碑票房双双扑街。虽然中国是一个生产科幻电影的小国、消费科幻电影的大国，但我可以断定，它在中国的命运决不会比美国好半点。引进它的始作俑者我估计是想运用中美两国的科幻势差来赚一笔，这个算盘，打错了。

需要多说一句的是关于片名，这部电影的片名直译是《生命》，但被翻译成了《异星觉醒》，估计是想误导一批对外星感兴趣的观众。实际上，这里边根本没有异星，只有从异星样本上复活的一个蜘蛛状小怪兽而已。这种蹭热度蹭广度的起名方式真令人反胃。上次《欢乐好声音》想蹭综艺的热度而生生把一部好电影给毁了。长点心吧，引进片的工作者们。

实际上，这部电影不值一评。但为了推广好电影，降低大家看烂片的概率，所以我写下了这么一篇评论。归根结底一句话：这是一部科教片，而且是一部失败的科教片，别看。

好电影加深生活

——《黄金时代》观影手记

一

那天跟一个影视投资人吃饭，他想约我写电影剧本。该投资人性别男，民族汉，籍贯在南，大业在北，政治面貌不详，不是群众也不像干部，语锋得庙堂之高，趣味又具江湖之远。以前电视剧圈子里常见此类优越面貌之同胞，现在基本都杀到电影圈了。留了一些面带菜色的朋友在电视剧圈里浮沉，当然，我也厮混其中并看不见彼岸。此君一谈电影，双眼精光直冒，颇具指点河山之气概。他无私地向我传授了他投资电影的心得，类似于三大纪律八项注意。具体内容我未经允许，不能细讲。但我发现，该投资人跟其他很多投资人普遍相似的一点是数学都学得非常好，尤其是加减法。比如，一部电影中，演员张三有一亿票房的价值，李四有一亿五，那么张三加李四等于两亿五，如果导演王五还有三千万价值，那么就是两亿八，再减去折旧费用五千万，保守算来该电影票房等于两亿三。他的具体的电影加减法比我举的例子复杂，但万变不离其宗，大概就是这么个意思。我注意到，在他的三大纪律八项注意中，并没有剧本的一席之地，于是吃那一顿饭的过程中我如坐针毡，像是身高不够却被选来跟姚明打篮球。

席间跟投资人聊起了《黄金时代》。我彼时已看过这部电影。我说我很喜欢。投资人说《黄金时代》这样的电影无论好不好，他都不会投，因为这不是市场需要的电影。我很敬佩他确定自己知道市场需要什么，虽然我根本不相信他知道——因为没有人知道。电影发明了一百多年，最成熟的电影工业体系是在好莱坞，即便是好莱坞，也没人知道市场到底需要什么，否则也不会有那么多电影沦为炮灰。

所以，要谢谢出品人覃宏先生，投资了李樯编剧、许鞍华导演的这部《黄金时代》，使它出现在了拜金的小时代。

顺便普及一个小知识，覃宏先生的覃姓念 qín。我听过好几个人都念错了。

二

我看过两遍《黄金时代》。

第一遍是毛片，无音乐音效，未调色配光，但电影依然如大江大河般气韵饱满，令人信服地再现了一颗苦难心灵与她所处的人群与时代；第二遍已是完成片，草蛇灰线，伏延千里，飞桥栏杆，明暗相通，该有的都有了，用北京话说：妥妥的。

看完第一遍，知道这是一部好电影；看完第二遍，知道这是该有的一部电影。市场需要不需要我不知道，但我知道当下需要，更长的人间也需要，否则这几年的几百亿票房也太寒碜了。即便你从没读过李白、杜甫，但你到了欧洲、北美，到了日本、韩国，你背后都站着这哥俩呢。有这哥俩在历史深处浪游和苦吟，外人不至于太敢在智力上欺负你。

有《黄金时代》打底，再多出几部烂片我也能坦然接受了。世界是等量的，有多少光就有多少黑暗。《黄金时代》是最近几年贱片做底子的中国电影银幕上透出来的一束亮光。

三

从前世上有两种电影，好电影和坏电影。后来我国电影人发明了一个新品种——假电影。假电影不是孤立的，跟最近几年的假烟、假酒、假化肥、假牛奶是一样的，有深刻的社会成因。所以，观看一部电影已经不能先看好坏，而是要先分真假。假电影各有各的假，真电影只有一种真——修辞立其诚。

《黄金时代》是一部真电影。作为传记片，李樯放弃了他熟能生巧的戏剧性，采取了冷静客观诚恳的态度，打捞萧红在人间三十一年留下的隐约消息。评论作家，大家一般爱用文如其人来形容，其实这是一句谎言，因为很少有作家文如其人。但萧红却是罕见的一个文如其人的作家，也是罕见的"我手写我心"的作家，正所谓"修辞立其诚"。李樯的"修辞立其诚"遭遇了萧红的"修辞立其诚"后，便出现了当下电影的时空间离式结构。

每一部电影，都有与之对应的最恰当的结构。我看完《黄金时代》之后，惊叹于李樯对结构、内容、人物的高度把握。在他笔下的《黄金时代》，结构即是内容，内容即是人物，人物即是结构。此大手笔非天才不能。请注意，这不是吹捧，接下来我会具体分析。看完我的分析你再分析我是不是吹捧。现在吹捧有风险，我不傻。

比如，开场时出现的萧红的自述。生于哪年，卒于哪年，享年三十一岁。这段自述定下了电影的间离调性。但实际上，这种间离的调性只能发生在《黄金时代》中，它具有唯一性——因为萧红是一个“我手写我心”的高度统一的作家，她的身份、特质、性格，导致了这样的叙述口吻。换一个人物则该结构不能成立。在这一叙述视角中，编剧视角、人物视角、观众视角被集中到一处；而且，在这一叙述时空中，过去、未来、现在被紧紧浓缩到一点，如宇宙大爆炸时的奇点，蕴含无限可能。李樯在《黄金时代》中发明了这样一种新的叙述结构，该结构之前没有在电影中出现过，该结构用之于其他人物则不令人信服。正是在这样的结构中，我们才有可能无限接近萧红的悲喜人生。

很多人都知道，间离戏剧是布莱希特的专利。但实际上，布莱希特的老师是中国戏曲。李樯在《黄金时代》的开场用的并不是后来被布莱希特所化用的间离戏剧，而是用的典型的戏曲方法：自报家门。所以，我看好多精英人士说这电影沉闷难懂的时候，我觉得他们可能忽略了中国源远流长的戏曲传统，其实《黄金时代》如果拿到我们村去放，我们村老太太、大姑娘、小媳妇一看就会懂，因为他们太熟悉这种自报家门、跳进跳出的方法了。李樯的独创性在于，将中国戏曲嫁接到了现代电影中，又代入了一个无比妥帖的人物上。因为萧红这个人物，正是一个世界的讲述者；那么在她被讲述的时候，她注定成为讲述的讲述。否则，讲述将会扁平（真切建议编剧同行以及学写剧本的同学们，你们一定要多看几遍《黄金时代》。也建议中戏、北电等艺术院校的剧作课，要拉片分析这部电影）。这也是李樯在《黄金时代》中大量使用了萧红很多原文的原因，因为如何编织她的故事都不如直接切入她的心灵。《黄金时代》不绕弯子，短兵相接。

四

李樯放弃了戏剧性，放弃了观众熟悉的前因后果式的讲故事的方式，那么，我们在看《黄金时代》的时候要看什么呢？这是一个需要回答的问题，也是很多已经看过片子对片子不满的同志所困惑的问题。

我试着回答一下。没有这困惑的请跳过这一段直接进入下一段。这一段你就当个月亮门穿过去就行了。

从电影接受美学来看，大致有两类电影。一类是用来解渴的，看了立竿见影出效果，喜剧让你笑，悲剧让你哭，悲喜剧让你又笑又哭，当然，现在还有贱片让你骂。另一类是用来回甘的，随风潜入夜，润物细无声。就是你身体已经不渴了，但还想滋润一下心灵。前一类电影容易山呼海啸，《星球大战》《阿凡达》都属此列；后一类电影于无声处听惊雷，很多成了影史经典，伯格曼、小津安二郎、成濑巳喜男是这一类电影的杰出作者。

《黄金时代》是后者，是回甘电影。萧红的人生因果，历史虽未论定但早已盖棺。李樯放弃因果叙述，转而求取人生况味正是一个严肃作者的良心、明智之举。

所以，看《黄金时代》，看的是微妙。

中国叙事文艺有两脉，一是以《三国演义》为代表的智谋一脉，一是以《红楼梦》为代表的抒情一脉。1949 年以后，大陆文艺丧失了萧红、废名、张爱玲、沈从文传承的抒情一脉，转为粗粝的意识形态文学，只留了智谋一脉。二十世纪八十年代汪曾祺归来，以一己之力续上了抒情一脉的涓滴细水。之后是李樯如一道清泉激射而出。这一脉的文艺，生活角落大于社会广场，人的面目和心灵始终居于中心。

实际上，《黄金时代》是一部不怕剧透的电影。里边有这样一场戏：萧军当家庭教师挣了钱，带萧红去夜摊吃东西，先是要了饭，又觉得汤不错便要了汤，之后切了一块猪头肉，这时候萧军说：“有肉得有酒。”萧红说：“我陪你。”两人酒足饭饱，在回去的大街上，萧红的鞋带断了，萧军找来石块，切了一截自己的鞋带给萧红系上，然后两人继续冰雪中前行。后来，一直到世界拥抱黑夜，一直到浪迹天涯的生命即逝的时候，萧红躺在香港医院的病床上说：“只要我拍一封电报，萧军就会来。”这是电影里我最喜欢的一幕，写尽人生的时时刻刻。我们总以为重要的事物在前边，实际上它发生在现在。《黄金时代》中，李樯的笔触和许鞍华的镜头紧贴苍凉大地，立体地展现了萧红的一生。

五

“二战”时，日本在偷袭珍珠港之前，曾对美国做过各方面的调查研究分析。也包括电影。日本文艺界的代表在集中大密度观看了一批美国电影后，郑重上书，建议日本政府、军方不要与美国为敌，因为从美国的电影来看，这是一个伟大的国家。日本决策层并没有听文艺界的意见，于是将自己送入了深渊。

前几天一个朋友问我，《黄金时代》众说纷纭，有赞有贬，那么，你觉得这到底是一部什么样的电影？

我说这很难回答，但可以举例来说：如果现在日本想跟中国开战，会调查研究分析中国，当然一样会包括电影——电影说到底是智力活动，是一个民族思维的最新体现，我相信他们看到《黄金时代》时一定会咯噔一下，因为拥有思考深度和智力结构的民族和国家，一定是伟大的民族和国家。

关于《黄金时代》，我在微博上写过两段话，录在这里作为观影手记的结束语。

第一段：李樯三年沉潜创作，写萧红一生波浪连绵，回响许鞍华四十载念念不忘。《黄金时代》是一部浸透时间力量的大江大河之作，李樯下笔光线如雨，许鞍华运镜飞花掷铁，汤唯、王志文、冯绍峰、王千源、朱亚文、袁泉、郝蕾、焦刚等一众演员奉献了他们最好的表演。飞流直下三千尺，敢有歌吟动地哀！

第二段：看一天，我们能看到王菲和马云；看一年，能看到苹果六；看十年，能看到房价飞涨；看一百年，大约我们能看到鲁迅和毛泽东；看一千年，我们能看到《清明上河图》和李白；看五千年，能看到《诗经》。所以，文艺永远比商业和政治重要。

温馨提醒：看《黄金时代》之前，一定要听一下林夕作词、罗大佑作曲的《只得一生》。“一个人自由地笑，自在地哭，此生不朽。”

好电影加深生活。《黄金时代》如是。